DU MÊME AUTEUR

Récits

LA CHUTE DE CHEVAL, Gallimard, 1998 (prix Roger Nimier). Folio, n° 3335, édition augmentée. La Bibliothèque Gallimard, n° 145, présentation et dossier de Geneviève Winter.

BARBARA, CLAIRE DE NUIT, La Martinière, 1999. Folio, n° 3653, édition augmentée.

THÉÂTRE INTIME, Gallimard, 2003 (prix Essai France Télévisions). Folio, n° 4028, édition augmentée.

BARTABAS, ROMAN, Gallimard, 2004 (prix Jean Freustié). Folio, n° 4371, édition augmentée.

SON EXCELLENCE, MONSIEUR MON AMI, Gallimard, 2008 (prix Prince Pierre de Monaco, prix Duménil). Folio, n° 4944, édition augmentée.

Romans

C'ÉTAIT TOUS LES JOURS TEMPÊTE, Gallimard, 2001 (prix Maurice Genevoix). Folio n° 3737.

LES SŒURS DE PRAGUE, Gallimard, 2007. Folio n° 4706.

Journal

CAVALIER SEUL, Gallimard, 2006. Folio, n° 4500, édition augmentée.

Essais

POUR JEAN PRÉVOST, Gallimard, 1994 (prix Médicis Essai; Grand prix de l'Essai de la Société des Gens de Lettres). Folio, n° 3257.

LITTÉRATURE VAGABONDE, Flammarion, 1995. Pocket, n° 10533, édition augmentée.

PERSPECTIVES CAVALIÈRES, Gallimard, 2003 (prix Pégase de la Fédération française d'équitation). Folio, n° 3822.

LES LIVRES ONT UN VISAGE, Mercure de France, 2009.

Suite des œuvres de Jérôme Garcin en fin de volume.

L'ÉCUYER MIROBOLANT

à Bartabas

Toujours le cheval ! Tout ce qui m'est arrivé de bon m'est venu par le cheval.

ÉTIENNE BEUDANT

Étienne Beudant est l'écuyer le plus mirobolant que j'aie jamais rencontré. Son travail de haute école tenait de l'invraisemblable.

GÉNÉRAL DECARPENTRY

1

Dax, 16 janvier 1949

On aurait dit que, venu pour l'occasion du désert africain, un dromadaire blatérait derrière le mur et faisait l'intéressant mais ce n'était que l'ébrouement rauque d'un cheval de trait sonné par l'hiver gascon. Les grandes roues du corbillard, tiré par un frison noir charbon à la crinière bien tressée et à la démarche avantageuse, crissèrent alors sur le gravier blond du cimetière. C'était un jour de brume froide et de lassitude. Dans l'air cotonneux se jouait un mystérieux ballet d'ombres où brillaient, d'un éclat incongru, les ors de quelques uniformes.

Les Dacquois ne s'étaient pas déplacés. On eût dit qu'on enterrait un étranger. Le mort n'était pas d'ici. Il ne serait pas visité. Inutile de l'accompagner. Paru la veille dans le journal, dont les gros titres annonçaient l'ouverture du procès de Victor Kravchenko et le remplacement de Henri Queuille par Maurice Petsche au ministère des Finances et des Affaires économiques, un entrefilet avait découragé jusqu'aux retraités de la ville, qui assistaient pourtant à toutes les funérailles comme ils s'abonnaient à la saison culturelle du théâtre municipal : pour occuper le temps et sortir de la naphtaline leurs habits du dimanche.

On y annonçait le décès, à l'âge de quatre-vingt-six ans, du capitaine Étienne Beudant, né à Paris en 1863, qui avait servi la France en Algérie et au Maroc, et qui était, précisait la gazette, « un écuyer à la renommée internationale ». Pas d'adresse pour les condoléances. Pas de famille non plus à qui les envoyer. Pas de regrets éternels. Pas même une photographie. Seulement le jour et l'heure des obsèques.

Le gardien avait ouvert tôt la grille en fer forgé par où passent ceux qui sont morts et ceux qui, les escortant, font semblant d'oublier qu'ils le seront bientôt. Derrière le corbillard, Driss, un Marocain habillé d'une gandoura blanche, tenait en main un cheval bai et sellé qui dodelinait de la tête avec fatalisme. Symbole, ici-bas, de la mort d'un héros, les bottes trop cirées du disparu avaient été placées à l'envers dans les étriers, talon vers les épaules de l'animal, pointe vers les hanches. Un fantôme à cheval avançait de dos vers son tombeau et faisait face à la poignée de processionnaires venus lui rendre un ultime hommage.

Parmi les militaires, un général chamarré, c'était Albert Decarpentry, qui avait les jambes convexes et les genoux concaves de l'indécrottable cavalier, même à pied ; le lieutenant-colonel Margot, écuyer en chef du Manège de Saumur, tout droit dans son habit de deuil, le lampion sous le bras ; le commandant Bouhet, médaillé de guerres lointaines ; et l'intrigant colonel John A. Barry, de la cavalerie des États-Unis d'Amérique. Parmi les civils, René Bacharach, parfumeur et homme de cheval ; M. de Lignerolles, directeur de la librairie Berger-Levrault, éditeur à Paris, 5 rue Auguste-Comte, sixième arrondissement, de traités, manuels et méthodes d'équitation ; et René Coumet, palefrenier, emmitouflé jusqu'au menton dans sa douleur muette. En retrait, comme intimidée par la cérémonie, une femme suivait ce maigre cortège d'hommes vieux et tristes, un bouquet de roses blanches à la main, c'était Jeanne Darrieussecq, qui avait été la garde-malade du mort et, chuchotant des prières derrière son voile noir, continuait de vouloir lui parler, le bercer.

Un curé pressé lut un psaume avec l'accent, confia à Dieu l'âme d'Étienne Beudant, « fils d'Albert, Marie, Emmanuel Beudant et d'Anne Charrey », le cercueil fut descendu au fond de la fosse, les officiers firent le salut, René Coumet lança un fer rouillé de la belle Vallerine qui claqua sur le bois, Jeanne s'agenouilla, et le petit groupe quitta en silence le cimetière sans que le brouillard se soit levé.

Face à la pierre où venait d'être gravée la devise du capitaine, que la solennité du moment rendait encore plus insolente — « Pour arriver vite, aller très lentement mais assurer chacun de ses pas » —, seul resta Driss, immobile, les yeux fermés, indifférent aux mouvements de tête métronomiques de son cheval, qui s'impatientait et tapait du pied. Une cloche fêlée tinta de l'autre côté de la ville. Il sortit un livre relié au dos cassé à force d'avoir été ouvert et lut à voix basse deux sourates : « Le démon n'ose pas entrer dans une tente gardée par un pur-sang » et « Le cheval est un cadeau de Dieu à l'homme ». Et puis, de sa main ambrée, il ramassa un peu de terre fraîche sur la tombe, la mit dans un sachet avec une prévenance d'archéologue, extirpa de sa poche une poignée de sable du désert, la jeta au pied de la croix, et quitta le cimetière à l'entrée duquel son cheval déposa délicatement, dans un flic-flac régulier, une grappe harmonieuse de crottins verts.

2

Saumur, octobre 1887

Enfin, il était à Saumur. Son rêve se réalisait. D'émotion, il en tremblait un peu. Depuis son plus jeune âge, il collectionnait tout ce qui se rapportait à la célèbre École de cavalerie, fondée en 1825 par Charles X. Les gravures, les cartes postales, les statuettes, les brochures et même une houssine en bois de houx dont le commandant Dutilh aurait fait usage en dressage et qu'un oncle habitant l'Anjou lui avait fait offerte pour Noël.

Étienne connaissait par cœur le nom de tous les écuyers en chef qui avaient officié dans ce temple de la belle équitation, de Jean-Baptiste Cordier à l'actuel commandant de Piolant, en passant par le fameux comte d'Aure et le légendaire général L'Hotte. Il savait ce que l'on devait aux uns et aux autres : à Cordier, le travail de sauteurs en liberté ; à d'Aure, adepte du steeple, de la chasse et du perçant, d'avoir révélé, par contraste, le génie artistique de son rival, François Baucher ; et à L'Hotte, la descente d'encolure et le parti pris de la légèreté. Émerveillé, le jeune homme n'aspirait désormais qu'aux cabrioles, pesades, courbettes, croupades, et à tous les bondissements qui rendaient si aériens ces animaux lourds. Il aurait tant voulu assister à l'exploit du capitaine de Saint-Phalle, qui avait fait galoper en arrière et en ligne droite sa jument Marcelle. Et, à son tour, il espérait réussir un jour le fameux exercice de l'École de cavalerie où l'on voyait un écuyer sauter une table chargée d'un service complet de douze couverts avec des pyramides de fruits et des jardinières de fleurs. Il était idéaliste et généreux.

En pénétrant dans la cité protestante, Étienne cachait son bonheur de peur qu'il n'attire les quolibets et ne s'ébrèche. Il avait vingt-quatre ans et l'assurance que l'armée seule lui donnerait l'occasion d'exprimer, sans qu'on la voie, sa passion inavouée pour les chevaux.

À quand remontait-elle et d'où venait qu'elle était si impérieuse ? Du jardin des Tuileries, où sa mère l'emmenait lorsqu'il était enfant et le hissait sur un poney shetland pelucheux auquel un monsieur en haut-de-forme faisait exécuter, avec une baguette en noisetier, un si amusant pas espagnol ? De l'Hippodrome de l'Alma, où il était fasciné par ces gros frisons noirs qui se mettaient debout ensemble comme des chiens savants attirés par le sucre et où, après le spectacle, il traînait des heures dans les écuries peuplées de quelque deux cents chevaux impatients et ronflants ? De ce cirque éclairé par de grands lustres où il avait vu Mlle Adèle, avec beaucoup de naturel, sortir de la piste à reculons, et sans bride, sur un cheval blanc de lait ? Des promenades au bois de Boulogne, où il regardait passer, au galop sur les allées cavalières, de jolies amazones vêtues de vestes à la hongroise accompagnées d'hommes en chapeau melon ? Des romans d'Alexandre Dumas, et leurs incessantes cavalcades de mousquetaires ? Ou n'était-ce pas simplement de la détestation de la grande ville ? Car il avait éprouvé très tôt le goût de l'évasion, l'envie d'être transporté à l'autre bout du monde, de franchir les montagnes et d'atteindre les déserts. À l'école, il n'avait que des camarades. Il s'était déjà choisi ses amis pour la vie, ce serait les chevaux.

Dans le train qui, depuis Angers, longeait lentement la Loire sur laquelle clapotaient des gabarres indolentes, Étienne s'était remémoré ses années de formation. Parce qu'il avait lu Stendhal, il avait le goût de l'ambition et celui des bilans provisoires. Sur de petits carnets, il notait, en signes cabalistiques, afin que nul ne pût percer son secret ni déchiffrer sa stratégie, les étapes de sa carrière et les progrès de sa réussite.

Il n'avait pas perdu de temps et la chance, pensait-il, lui avait souri. Engagé volontaire, en 1883, au 23e dragons cantonné à Meaux, matricule 1705, classe 1882, il avait servi sous les ordres du baron François Nicolas Guy Napoléon Faverot de Kerbrech. C'était un homme de cinquante ans, mince, grand, distingué, aux cheveux châtain clair, à la moustache et à l'impériale blondes. Son buste était court mais ses jambes, très longues, semblaient faites pour épouser les flancs des chevaux ; elles tombaient à la verticale, aussi droites que des étrivières lestées de lourds étriers. Étienne respecta le colonel, par ailleurs inspecteur général permanent des remontes, mais il admira surtout le cavalier qui, chaque matin, avec ponctualité, exigence, et une grâce presque suspecte, montait, en carrière ou dans le manège, ses chevaux, parmi lesquels Jambe d'argent, Bouton d'or, Conspirateur et Gaieté, une jument baie surnommée « la reine des rallyes ».

Le régiment ne bruissait que du jour où elle s'était emballée, avait quitté le terrain de manœuvre à un train d'enfer pour dévorer, à bride abattue, les six kilomètres qui la séparaient de la bonne ville de Meaux. Là, elle avait battu le pavé dans un fracas de casseroles qui s'entrechoquent, renversé des étals multicolores de fruits et légumes, affolé les badauds, et puis elle était entrée au grand galop dans la cathédrale, dont le portail était ouvert, et n'avait finalement consenti à s'arrêter que dans le chœur, face à l'autel. Le lieutenant qui la montait et, accroché à l'encolure, était resté en selle, avait mis alors pied à terre pour s'agenouiller, le képi sous le bras, devant la croix. On ne sut pas si c'était pour remercier Dieu de l'avoir épargné ou pour s'excuser d'avoir mis sens dessus dessous la maison du Seigneur. Afin d'honorer l'exceptionnelle vaillance, la redoutable endurance et la louable piété de la fugueuse, Faverot de Kerbrech décida de l'ennoblir et demanda que, sur son livret, l'on inscrivît désormais « La Gaieté ». Cela changeait tout.

Au 23e dragons, Étienne faisait le service minimum. Il lui arrivait d'échapper aux exercices pour venir observer, camouflé derrière un arbre ou dans la pénombre du club-house, son chef austère que l'équitation semblait assouplir et libérer d'un poids obscur. Ce qui le troublait le plus dans la manière de monter du colonel, de se promener au tout petit galop dans la cour du quartier, de changer de pied avec des aides invisibles, c'est qu'elle n'avait rien de militaire. Aucun geste brutal, pas la moindre violence, jamais un mot plus haut que l'autre. Au contraire, une douceur voluptueuse, une légèreté... comment dire? artistique, oui, artistique. Un sergent lui avait révélé que Faverot de Kerbrech avait été l'un des derniers disciples du légendaire François Baucher et qu'il devait sa technique au vieux général Fleury, grand écuyer de Napoléon III dont il avait été autrefois l'officier d'ordonnance, sa mission paradoxale consistant alors à monter les chevaux de l'empereur pour les rendre à la fois dociles et téméraires, soumis et majestueux.

Étienne venait de découvrir que le dressage est un héritage.

Tout ce qu'il entendait et voyait, Étienne, lorsque venait l'heure de la reprise donnée par le lieutenant Wagner aux sans-grade, tentait de le reproduire, d'abord maladroitement, ensuite avec plus d'assurance, les flexions de mâchoire à pied, et puis, à cheval, ce troublant et toujours énigmatique « main sans jambes, jambes sans main » préconisé avec autorité par son officier. Chaque reprise se terminait par une séance rituelle et confuse de saut d'obstacles : dans une poussière aveuglante et en colonne de peloton, le cul dans la charrette, le pied dans la gourmette, les élèves franchissaient au galop une haie, un tronc d'arbre, un mur et une douve. Parfois aussi, afin de travailler la descente des jambes, on leur ordonnait de galoper sur vingt kilomètres avec une pièce de dix sous placée entre le genou et la selle. À l'arrivée, elle ne devait pas avoir bougé d'un millimètre.

— Pensez, hurlait Wagner en guise d'encouragement, à vos aînés qui ont eu la gloire de charger à Reichshoffen ou à Sedan avec le général de Galliffet !

Sans efforts, Étienne gravit les échelons : de brigadier, il devint fourrier, et puis maréchal des logis. C'était un jeune homme industrieux et appliqué. Il savait qu'il ne devait compter, pour monter en grade, que sur son opiniâtreté. Car il n'avait pas eu le privilège, comme la plupart des fiers dragons, hussards et cuirassiers qui l'entouraient, de naître avec la fortune et une particule ronflante ; d'être un Salverte de Corberon, un Renson d'Allois d'Herculais, un M. de Monfort, un M. de Vaubert ou un M. de Chenevilles. Beudant sonnait pauvre. Beudant résonnait triste. Beudant sentait la roture. Ses camarades se faisaient fort de le lui rappeler quand venait l'heure des permissions et qu'ils s'en retournaient dans leurs châteaux respectifs, sur leurs terres labourées par des affamés.

Très vite, il fut impatient de quitter Meaux. Il s'ennuyait déjà. Il ne trouvait aucun plaisir aux exercices de tir, dont les garçons de son bataillon raffolaient. Il n'avait pas une envie folle de se battre. Et pourtant, le soir, dans le dortoir aux odeurs pestilentielles, il partageait l'exaltation de ceux qui se juraient de venger les armées de Mac-Mahon et Bazaine, les trois mille soldats français tombés à Sedan, de « faire bouffer leurs bottes » aux Prussiens qui avaient osé camper sur les Champs-Élysées et humilier les Parisiens. D'ailleurs, lorsque venait l'hiver, Étienne ne portait pas de tricot, pas de caleçon, pas de gants, pas de chaussettes : « Je m'endurcis pour la revanche », disait-il, bravache, à ceux qui s'en étonnaient.

Ce qu'Étienne aimait le plus dans la caserne, c'étaient les écuries et, dans l'armée, les chevaux. Il ne supportait pas qu'on les traitât mal. Il détestait les phrases toutes faites dont abusaient, en vociférant, les guerriers d'opérette :

— Il faut que le cheval aille de l'avant, qu'il coure après son mors, qu'il s'appuie ! Brisez ses résistances, piquez-le ! Il n'est de bonne équitation que perçante !

Ses pansages à lui n'en finissaient pas, quand ceux de ses camarades étaient expédiés à la va-vite. Il prenait un soin tout particulier à embellir et calmer Capucine, une jument aussi puissante qu'irascible dont il avait la charge et que le vétérinaire du régiment accusait de démence, la déclarant même atteinte de « vertigo ».

— C'est une bête sauvage, vous devriez vous en séparer, Beudant.

Étienne avait réussi pourtant à l'amadouer. Elle le lui rendait bien. Jusqu'au jour où, pour l'empêcher de tirer au renard, le capitaine instructeur, M. Blanchet, inventa un méchant licol fabriqué avec un câble, qu'il lui passa autour du cou. Le lendemain matin, on retrouva Capucine étranglée dans son box, la bouche ouverte, son grand corps pendu comme à un croc d'équarisseur. Étienne jura, ce jour-là, qu'il aurait la peau de son supérieur.

Les charges des dragons au triple galop, sabre pointé vers l'ennemi, qui étaient le symbole et la consécration de son régiment, l'indisposaient également ; il les jugeait trop violentes, trop dangereuses pour les montures, et souffrait de les voir écumer, baver blanc, trembler, après l'assaut dans la prairie retournée. « Une telle rage annonce la boucherie », écrivit-il à ses parents, Albert et Anne, qui s'étonnèrent, par retour du courrier, de la trop grande sensibilité de leur fils et lui rappelèrent que le cheval était l'outil du soldat, la meilleure arme du dragon, l'unique instrument de la victoire : « N'ayez pas pour les animaux, cher Étienne, des sentiments qu'ils ne méritent pas, qu'ils ne comprendraient pas, et ne perdez pas votre temps à leur apprendre autre chose qu'à avancer, à sauter, et à terrasser l'ennemi. Et lorsqu'ils ne sont plus bons à l'emploi, on les mange en rôti ou en sauce ! Nous sommes fiers de vous, de l'homme que vous devenez, de l'officier que vous serez bientôt. Ne nous forcez pas à vous reprocher une délicatesse qui serait du plus mauvais goût. Que diable, Étienne, le 23e dragons, ce n'est pas *Tailleur pour dames*, que nous venons d'aller voir au Théâtre de la Renaissance. Et quand le doute vous assaille, pensez à notre vaillant général Boulanger, que nos politiques corrompus et lâches ont déporté à Clermont-Ferrand. Imaginez que, au prétexte de lui confier le commandement du 13e corps d'armée, on l'a empêché de prendre notre revanche sur l'humiliation de 1870. Savez-vous que le nouveau ministère de la Guerre vient de le mettre aux arrêts de rigueur pour trente jours ? C'est plutôt Jules Grévy qui devrait y être ! »

Étienne avait fini par ne plus rendre compte, à ses

parents, de ses émotions et de ses colères. Il les gardait pour lui. Il espérait qu'un jour, sur les champs de bataille, on remplacerait les chevaux par des machines et qu'on cesserait de faire crever sous soi ces animaux exquis, fragiles et si craintifs.

À peine arrivé à Saumur, sans même un regard pour le château en tuffeau du roi René d'Anjou qui surplombait la ville en majesté, Étienne se rendit au manège des Écuyers où, en 1828, la duchesse de Berry avait présidé à un carrousel entré depuis dans la légende des centaures. Frissonnant d'excitation, il monta à la tribune. Mais le manège était vide.

Sur la piste étaient dessinées des serpentines de sabots, des arabesques délicates, des lignes courbes et onctueuses. Il devina les voltes, imagina les appuyers, déchiffra les têtes au mur, suivit l'irréfutable tracé de reprises impeccables, et se promit d'inscrire un jour ses pas dans les pas de tous ceux qui avaient, sous la voûte blanche de cette cathédrale sans Dieu, gouverné en douceur d'orgueilleux chevaux. Dans l'air humide planaient des odeurs de sciure et d'encens. Des tourterelles blanches froufroutaient autour des lustres poussiéreux tandis que sonnaient les cloches de l'église Notre-Dame-des-Ardilliers.

Étienne ferma les yeux et eut alors l'étrange sentiment de voir défiler, dans sa tête, au triple galop, tous les bonheurs qu'il ne connaissait pas encore, mais dont il avait l'assurance qu'ils lui étaient dus.

3

Constantine, février 1908

Cela faisait quinze ans qu'Étienne Beudant vivait en Algérie. Il y était si naturellement heureux qu'il lui semblait parfois y être né. Il s'étonnait d'avoir pu grandir, sans se révolter, de l'autre côté de la Méditerranée, du côté ombreux, égoïste, solennel, où il ne se reconnaissait plus. Il se souvenait de Paris, de Meaux, et même de Saumur comme de villes d'un pays étranger où il avait forcé sa nature, où il s'était obligé à paraître, où il fallait, sous la pluie, tenir son rang et la conversation. L'Algérie avait soudain réveillé son inclination à la solitude et à la contemplation. Il était trop tard, pensait-il, pour changer de destin. Mais s'il n'avait fait le choix des armes, il eût été ermite, missionnaire ou médecin et aurait trouvé, entre les dunes, le paysage rêvé de ses autres vies contrariées.

Contrairement à la plupart de ses camarades de régiment, il ne souffrait ni de la chaleur ni de la sécheresse. Moins encore de ce que, autour de lui, on décrivait à voix basse comme un exil lointain et obligé. Chaque année, d'ailleurs, il avait décliné les propositions que la hiérarchie lui avait faites de revenir au pays, de reprendre du service à Saumur, Châteaudun ou Alençon. Chez lui, maintenant, c'était ici. Il parlait couramment l'arabe, mais aussi le berbère et même le touareg, et s'initiait avec passion à la religion musulmane. Il aimait les ciels incandescents, la lumière attendrie des crépuscules, l'ombre tiède des palmeraies, l'impeccable géométrie des vignes, les champs de figuiers et d'oliviers à perte de vue, le parfum mêlé des eucalyptus, des caroubiers, des orangers et des pins d'Alep ; il aimait se perdre dans les médinas, s'oublier dans le désert, s'attabler avec lui-même à la terrasse grouillante d'un café ; il aimait, les jours de repos, aller au hammam, étouffer dans les bains de vapeur, se faire masser sur la table en marbre, s'amollir, se purifier, fondre. Lui, l'homme du Nord, trouvait même du plaisir aux brûlures du sirocco. Seules les invasions de criquets pèlerins le terrifiaient, qui masquaient soudain son cher soleil, s'abattaient en piqué sur les cultures et, après leur passage, rendaient le sol glissant, visqueux, bilieux.

Il se rappelait sa jeunesse sans nostalgie. Elle lui semblait n'être plus sienne. Après l'année passée à Saumur, il avait été nommé sous-lieutenant au 24e dragons et puis lieutenant au 11e cuirassiers. Il était zélé. Il réussissait. La preuve : il faisait des jaloux. Tous ses supérieurs lui promettaient une belle carrière. Certains le voyaient porter un jour les deux étoiles. C'est alors qu'Étienne prit peur. Il comprit qu'il devrait sacrifier l'amour des chevaux à l'ambition qu'on lui prêtait et aux médailles dont on le gratifierait.

Au réveil agité d'une nuit blanche, il décida de démissionner. Il remisa son bel uniforme et demanda à être inscrit au cadre de réserve. Son père, auquel il annonça son choix, entra dans une colère folle, brisa une coupelle en porcelaine et jura de le déshériter. Il ne sut quoi lui répondre. Il avait l'impression que toutes ses explications seraient vaines. Déjà, il était ailleurs. Il quittait une vie sage pour un monde dont personne, croyait-il, ne pouvait comprendre les lois et le grand mystère. C'est comme s'il avait décidé d'entrer dans les ordres alors que son père bouffait du curé. Il ne claqua même pas la porte. Il s'éclipsa, lorsque la nuit fut tombée. Afin de mettre la plus grande distance possible entre l'armée française, ses parents acariâtres et lui, il ramassa ses maigres économies, acheta dans une librairie *L'Écornifleur*, de Jules Renard, ainsi que *La Débâcle*, d'Émile Zola, et partit pour le Montana. L'année 1892 serait celle de sa liberté.

Il découvrit, dans la Grande Prairie, l'ivresse des espaces illimités, la sauvagerie des broncos, les interminables transhumances de vaches, les attelages de traîneaux, les rodéos, l'étonnant confort des selles western, avec leur pommeau proéminent et leur troussequin aussi relevé qu'un dossier, les veillées sous la Grande Ourse, le très chaud, le très froid, et le plaisir fugitif, dans le crépitement des feux de bois, des amours sans lendemain avec des femmes échevelées et odoriférantes qui l'appelaient « mon petit Parisien ». Il fit même, pendant l'exposition de Chicago, une présentation devant William Frederick Cody, surnommé Buffalo Bill, qui jugea sa technique « originale et audacieuse », mais dont, en revanche, il n'apprécia ni la manière de débourrer, trop brutale, ni celle de monter, trop caractérielle : « Les cow-boys n'ont pas de cœur, pour eux le cheval est une arme automatique, comme la carabine. »

Poussé par la rumeur laudative qui entourait l'ancien massacreur de bisons, Étienne resta un soir pour assister au *Wild West Show*. Ça n'était qu'un grand barnum sans intérêt. Son attention préféra se porter sur une femme rousse habillée en homme qui montait à cru un cheval blanc, se tenait debout sur son dos et, avec sa Winchester, feignait de tirer sur tout ce qui bougeait. On lui expliqua que, autrefois, les Sioux la craignaient, les cow-boys aussi, et même les coyotes. Originaire du Missouri, elle avait été l'éclaireuse du général Custer, avait posé des rails de la Northen Pacific Railroad, conduit des diligences dans les régions les plus dangereuses, s'était battue avec bravoure dans les rangs du septième de cavalerie. Celle qui avait galopé de l'Utah au Wyoming, en passant par le Colorado, gagnait maintenant sa maigre vie dans la troupe du cirque itinérant de Buffalo Bill. Elle avait quarante ans. C'était Martha Jane Canary, qu'on appelait « Calamity Jane ».

Après le spectacle, Étienne alla la trouver dans les coulisses et lui proposa, dans un mauvais anglais, de lui offrir un verre. Elle accepta, intriguée par la gentillesse empruntée du jeune Français. Elle sentait le chacal mouillé et la sueur acide des éthyliques. Sur sa veste de daim effrangée, elle portait deux épingles d'or en forme de fer à cheval et, à la ceinture, deux révolvers à la crosse ouvragée. Sans quitter son Stetson en cuir, elle but, à elle seule, une bouteille de scotch au goulot. Les ongles de ses mains carrées étaient rongés, et ses dents abîmées. Elle parlait beaucoup, avec un accent très rocailleux et des gestes virils. Étienne ne comprenait pas tout. Mais il était ému par cette excentrique flamboyante à qui manquaient tant, disait-elle, la vaste plaine, les bourrasques de sable et les cavalcades au milieu des canyons. Elle disait qu'elle avait honte de s'être rangée, de caricaturer son personnage sous les chapiteaux pour une poignée de dollars et de réclamer des applaudissements dans les faubourgs pauvres des grosses villes. Elle raconta à Étienne ses batailles, ses errances solitaires, ses parties de poker au saloon, les hommes auxquels elle avait décroché des uppercuts, le plaisir qu'elle avait éprouvé à rosser les femmes vertueuses, et le voluptueux, l'inégalable bonheur de dormir, près d'un feu de camp, sous la chaude encolure de son cheval Satan. Elle commanda une seconde bouteille d'eau de feu. Calamity Jane avait l'alcool mélancolique. Elle y noyait son regret, à moins que ce ne fût du remords, d'avoir fait adopter, en 1874, sa fille Janey par un couple tranquille et respectable.

— Vous comprenez, monsieur, je voulais que la petite ait une vie convenable. Mais l'abandonner m'a presque tuée. Depuis, j'essaie de survivre. L'autre jour, on donnait le spectacle à Richmond. Les parents adoptifs de Janey m'ont fait savoir qu'ils seraient dans le public et qu'ils l'amèneraient. J'ai fait mon numéro avec le trac au ventre. Chaque fois que je passais à cheval devant ma fille en tirant des coups en l'air, je voyais ses yeux qui me regardaient avec émerveillement. J'ai failli lui crier que la cavalière qu'elle admirait était sa mère, mais je n'ai pas osé, je n'avais pas le droit. Après, dans le box, j'ai vomi toutes mes tripes.

En s'aidant d'un dictionnaire pour éviter les fautes d'orthographe et d'une grosse loupe, car elle voyait de plus en plus mal et le médecin venait de lui annoncer qu'elle serait bientôt aveugle, elle lui écrivait chaque jour une lettre pour tenter de corriger l'image mensongère, parfois ignominieuse, qu'on faisait partout de sa « roulure » de mère, de la « femme folle » dont parlaient encore les Indiens.

— Et vous, vous avez des enfants, en France ?

— Non, répondit Étienne, qui esquiva vite la question. Parlez-moi plutôt de vos chevaux...

— Oh, j'en ai monté beaucoup mais je n'en ai follement aimé qu'un seul, Satan. Il était de toute beauté, noir comme le jais. Il avait des épaules satinées et des pieds blancs. Je craignais toujours de le fatiguer alors, pour les longs trajets, j'utilisais King comme cheval de charge. Satan, c'était un autre moi-même, mon meilleur compagnon. Je ne compte plus les fois où il m'a sauvé dans les combats et du désespoir. Lorsqu'il est mort, je l'ai enterré sur la colline, près de Deadwood. Il était très vieux. Rien ne l'avait jamais rendu malade, sinon la vieillesse. Il faisait tant de choses gentilles, si vous saviez. Il s'agenouillait pour que je mette pied à terre, donnait la jambe et comprenait tout ce que je lui disais. Tenez, j'avais un sac d'avoine. Il se postait chaque jour devant ma porte pour en avoir une écuelle. Je puisais l'avoine devant lui dans le sac. Un jour, je lui ai montré le sac vide et lui ai dit qu'il n'y en avait plus. J'étais trop fauchée. Il est parti dans la prairie et n'est jamais revenu m'en demander. Il savait. Il comprenait. C'est fou ce qu'il comprenait. S'il y a un paradis pour les chevaux, un endroit qui ne connaît pas d'hivers froids et où le fourrage est abondant, je suis certaine que Satan y vit. Bon, voilà que je pleurniche en pensant à mon pauvre vieux copain fidèle, excusez-moi !

— Je rêverais, moi aussi, d'avoir un jour un Satan avec qui je vieillirais. Mais je préférerais mourir avant lui...

Calamity Jane interrompit sans raison la conversation, qui était plutôt un monologue. Elle se leva en faisant tomber sa chaise et embrassa Étienne. Elle avait les joues rouges et râpeuses. Elle lui donna l'une de ses deux épingles en or.

— Vous la porterez en montant vos chevaux. Je ne suis jamais allée dans votre pays. Ce sera ma façon de vous accompagner.

Lorsque Étienne rentra en France, tout étourdi par son séjour américain, il n'eut pas le temps de chercher du travail ni de s'installer dans le petit hôtel de la rue des Martyrs où, sans nouvelles de ses parents, il avait provisoirement trouvé refuge. Car on lui proposa en même temps d'administrer une commune mixte du Tell algérien et de le réintégrer dans l'armée avec le grade de capitaine. Il accepta, parce qu'il avait le goût croissant de l'aventure et le dégoût persistant de la Troisième République, dont les scandales, les escroqueries et les crises politiques à répétition ajoutaient chaque jour à son amertume, à sa misanthropie. Au procès, en correctionnelle, des administrateurs de la Compagnie universelle du canal de Panamá, Charles et Ferdinand de Lesseps, Marius Fontane, le baron Cottu et même Gustave

Eiffel venaient d'être condamnés à la prison. Étienne n'avait décidément plus confiance en la société des hommes. Il rêvait d'une communauté de cavaliers, fondée sur les lois que, déjà, l'équitation lui avait enseignées : l'autorité sans violence, l'équilibre des forces, l'harmonie du corps et de l'esprit, la patience, l'opiniâtreté, le tact, la justice.

Il ne connaissait rien à l'Afrique du Nord. Il lut à la hâte quelques pages d'Eugène Fromentin et de Pierre Loti, feuilleta les mémoires de grands soldats et surtout la relation, rédigée par Paul Bourde, de la fameuse excursion parlementaire de 1879. Au Louvre, il s'attarda devant les tableaux orientalistes de Renoir, Delacroix et Horace Vernet. Il en tira la conclusion hâtive que l'Algérie était immaculée, habitée d'hommes en burnous, assaillie de sauterelles et plantée de hauts minarets. S'il s'était documenté sur les vies exemplaires du maréchal Bugeaud et de l'émir Abd el-Kader, il voulait absolument se représenter l'Algérie comme un pays édénique, inviolé, immémorial. Il refusait d'y voir une contrée déchirée par des guerres sans fin, des révoltes sanglantes, des insurrections suivies de traités inutiles et de paix provisoires. Étienne était un étrange militaire : il préférait la géographie à l'histoire, les quadrupèdes aux bipèdes, et regrettait de devoir partir pour ce lointain pays en portant l'uniforme de l'armée qui l'avait conquis, asservi et occupé. Il avait trente ans. C'était l'âge, pensait-il, des voyages de formation, pas celui des combats contre des étrangers que l'on ne connaît pas.

Au printemps de 1893, à Marseille où la grève des boulangers privait toute la ville de pain, il monta sur le *Maréchal Bugeaud*, un paquebot de la compagnie Touache. Il n'avait aucun regret. Il était plein d'envies. Appuyé au bastingage, l'épingle brillante de Calamity Jane accrochée au revers de sa veste, il regarda toute la nuit le ciel étoilé, écouta la rumeur obscure de la mer, se laissa bercer par des rêveries enfantines tandis que, dans le grand salon, des officiers éméchés fêtaient bruyamment leur première affectation en Algérie. Il se sentait si différent d'eux, et si seul. Il détestait la morgue des vainqueurs qui n'ont pas vaincu, la mentalité des colonisateurs qui se croient supérieurs, la goujaterie des conscrits qui s'échangent déjà la liste des meilleurs bordels d'Afrique du Nord. À aucun de ses camarades, il n'aurait osé avouer que, dans sa cantine, il avait surtout entassé des livres, des cahiers vierges, des brides, des mors, des éperons et des cure-pieds. Lire, écrire et monter, c'était le programme secret de ce soldat sans armes qui aspirait à rassembler, au milieu des longues dunes sahariennes, ses passions énigmatiques et ses vocations encore confuses.

La traversée fut longue et calme. En approchant des côtes, un vent chaud et fruité lui caressa le visage. C'était une promesse de bonheur. Il débarqua à Alger, la ville blanche, et prit aussitôt un autre bateau qui le conduisit à Mostaganem. Pour rejoindre son quartier, il traversa des champs de blé et des vignes. Il aima ce pays rude et tendre à peine y avait-il posé les pieds.

Le 3e chasseurs d'Afrique était stationné à Constantine. Cette cité judéo-arabe perchée sur les hauts plateaux et encerclée de gorges profondes était déjà un lieu de mémoire. Gouvernée par Ahmed bey, protégée par des canonniers turcs, longtemps elle avait résisté aux Français. Elle fut prise, en octobre 1837, sous une pluie glaciale, par le lieutenant-général Valée, ses dix mille hommes, son artillerie, au cours d'une bataille où périt le général Damrémont et où fut blessé le colonel Lamoricière. Plus de cinquante ans plus tard, le régiment en parlait encore avec une ferveur qui pouvait faire croire que la chute de la citadelle avait eu lieu hier. Dans le mess des officiers était encadré le texte que, juste avant leur reddition, Valée avait faire lire aux Constantinois, rescapés du carnage : « La religion, les propriétés, les usages seront respectés. Qu'aucun habitant n'abandonne sa maison. Que l'on se confie dans la parole et la protection de la France. On déposera immédiatement les armes à la Casbah. Les principaux habitants, soumis à l'autorité française, participeront à l'administration de la ville. »

Le capitaine Beudant appliqua, à son commandement, les principes de liberté, d'égalité et de fraternité qu'il tirait chaque jour du dressage et de la compagnie des chevaux. Raison pourquoi il fut à la fois estimé par ses supérieurs et respecté par ses hommes.

On le chargea de multiples missions qui l'ennuyaient, mais dont il s'acquittait d'autant plus volontiers qu'elles lui donnaient une raison impérieuse de monter. Lorsqu'un convoi était attaqué, une sentinelle tuée, un garde champêtre menacé, un troupeau de bétail volé, un couple de touristes capturé ou quand étaient pillées, saccagées, brûlées les maisons des Alsaciens et des Lorrains qui, après le traité de Francfort de 1871, refusant d'être allemands, avaient débarqué en masse sur le sol français d'Algérie, il espérait toujours que le drame eût lieu loin de sa caserne, parfois à plus de cent kilomètres. Il ne demandait qu'à rétablir l'ordre, pourvu que l'expédition nécessitât des heures de trot et de galop, qu'il y eût des murets à sauter, des gorges étroites à traverser et des oueds à franchir. Il réclamait du tape-cul. Ses cuisses étaient devenues dures comme des madriers.

Son meilleur souvenir fut, durant l'été et l'automne de 1893, la longue traque d'Areski el-Bachir. Quand Étienne prit ses fonctions, il fut en effet appelé par le sous-préfet de Tizi Ouzou pour participer, avec des centaines de gendarmes et de spahis, à l'opération d'envergure lancée contre le Robin des Bois kabyle qui narguait les autorités depuis plus de six ans. Caché dans la forêt de Yakouren avec sa troupe composée d'une cinquantaine de repris de justice et d'évadés de Cayenne, Areski el-Bachir cambriolait les villas des Espagnols, des Italiens, des Maltais mais aussi des riches Arabes, se flattait de prendre la défense des faibles, détournait les impôts, subventionnait les écoles, rançonnait les voyageurs, qu'il menaçait avec des fusils Lebel, et se faisait payer, en nature, par les femmes étrangères qu'il capturait. Lesquelles vantaient sa délicatesse au lit et, chacune rêvant d'être sa prisonnière, se disputaient secrètement ses faveurs en s'attardant, l'air de rien, sur les chemins de traverse.

Pendant des mois, sous un soleil de plomb ou des pluies diluviennes, Étienne et ses hommes arpentèrent les vallées et les plateaux, explorèrent les forêts de chênes-lièges, ouvrirent des sentiers dans des broussailles où personne n'avait jamais pénétré, inspectèrent les douars, s'égarèrent dans les champs de céréales, longèrent des vignes dévorées par le phylloxéra, ne rentrant au quartier, l'uniforme couvert de poussière blanche et de terre rouge, que pour changer de monture. Mais ce fut en vain. Car Areski el-Bachir, lâché par ses complices, épuisé par ses poursuivants, affamé, finit par se rendre de lui-même, le 23 décembre 1893, au caïd Belkacem. Jugé, condamné à mort, il fut décapité. Les hommes, qui perdirent un rival, soupirèrent. Les femmes, qui avaient lu *Le Rouge et le Noir*, pleurèrent. Et le capitaine Beudant eut une pensée émue pour le brigand devenu légendaire. Il éprouva surtout de la reconnaissance pour le fuyard aux abois qui venait de lui offrir, sans le savoir, six mois d'équitation tous terrains et de cross homériques.

Malgré les efforts qu'il déployait dans la journée, les incessantes expéditions jusqu'à Bordj Bou Arreridj, Biskra, Négrine et Tebessa, à la frontière tunisienne, malgré les rigueurs intraitables du métier, l'usure du dos, malmené par les routes caillouteuses, et les cuisses brûlées par le cuir de selle, Étienne n'était jamais fatigué. Il avait l'impression de rajeunir; il ne savait pas que son corps vieillissait plus vite que celui des administratifs du régiment. Le soir, dans sa chambre, et jusque dans son lit, sous la moustiquaire, il lisait Virgile, Pline l'Ancien, Buffon, et annotait les précieux traités d'équitation que certains de ses anciens camarades de promotion de Saumur voulaient bien lui envoyer. Il y avait *L'Hipparque*, de Xénophon, traduit par Dupaty de Clam; *Manège royal*, qui rassemblait les notes prises par Menou sous la dictée d'Antoine de Pluvinel, lequel enseignait le bien monter au futur Louis XIII; la *Méthode* du duc anglais Guillaume de Newcastle; *L'École de cavalerie* de François Robichon de la Guérinière, le père de l'équitation française; *Le Gymnase du cheval* de l'Allemand Gustav Steinbrecht; et surtout les ouvrages raisonnés de celui qu'il tenait pour son maître, François Baucher, le génie du Cirque olympique qui avait mis l'indomptable Géricault et en avait triomphé. Et puis encore le *Dressage méthodique du cheval de selle d'après les derniers enseignements de Baucher*, de Faverot de Kerbrech, son chef de corps au 23e dragons.

Parfois, dans son lit, venait se glisser une femme qu'il ne reverrait pas et qu'il avait rencontrée la veille, au coin d'une ruelle obscure ou à la sortie humide du hammam. Car son plaisir préférait le hasard à la nécessité. Avec ses yeux bleus et sa petite moustache réglementaire, Étienne plaisait sans le vouloir. Ce n'était pas un séducteur, c'était un charmeur. Même dans son uniforme blanc, on lui trouvait l'air gentil, un peu timide. Il ne ressemblait pas aux tombeurs de garnison. Nulle arrogance chez lui, et jamais de brutalité. En amour, il était caressant, patient et plein de gratitude.

Il avait souvent éconduit, avec élégance, les Européennes qui bovarysaient à Constantine et auraient volontiers pris le thé avec le joli capitaine célibataire. Mais elles étaient trop pâles, trop blondes selon son goût, et elles sentaient le mess d'officiers. Il aurait eu l'impression de faire, dans leurs bras, des heures supplémentaires au 3e chasseurs d'Afrique. Il goûtait, en revanche, la peau baie et la longue crinière noire des Kabyles, leurs yeux amusés, leurs seins lourds aux aréoles brunâtres, leurs lèvres chaudes sous la toison touffue qui se prolongeait, buissonneuse et coquine, jusqu'à l'intérieur des cuisses, leur parfum de pain d'épices et d'huile d'argan, leur nonchalance amoureuse, leur capiteuse langueur. Elles repartaient dans la nuit en glissant sur les tomettes comme si elles quittaient le rêve dont elles avaient été les héroïnes désirables et fugitives. Elles ne s'attachaient jamais ; il oubliait vite de les regretter.

Au lever du jour, bien avant de prendre son service avec la sonnerie du clairon, Étienne, à qui trois ou quatre heures de sommeil suffisaient, tentait d'appliquer, méthodique et obstiné, les conseils des grands maîtres de Versailles et des Tuileries aux chevaux malhabiles et bancroches, le plus souvent des barbes, qu'il avait soustraits, contre une poignée de piécettes, aux mauvais traitements des charretiers, des paysans et des commerçants. Ainsi Baktha, cette grosse jument employée comme limonière d'une énorme charrette des *Messageries du Sud* qui ravitaillait Djelfa, Laghouat et Ghardaïa. Ou Iris, ce demi-sang décharné aux allures détraquées qui était utilisé comme bête de somme dans les marchés. Et encore Meskine, qui veut dire « misérable », grand cheval gris rouan usé par les chasses à l'autruche et en si mauvais état qu'il n'avait même pas la force de porter ses oreilles, lesquelles tombaient de chaque côté comme celles d'un cochon. Sans oublier Messaoud, qui pointait, ruait à la botte, se collait sans cesse contre les murs et les arbres...

Le plus souvent, à force de persévérance, d'équanimité, d'intelligence et de finesse, Étienne faisait des miracles. Il métamorphosait des carnes éteintes en athlètes brillants, les chevaux de bois en modèles de souplesse, les peureux en crâneurs, allongeait les bréviligne, élargissait les trapus, étendait les encolures trop courtes, rectifiait et musclait les dos creux, les poitrails mous, les épaules fatiguées, les jarrets compromis, retapait les plus faibles en les engraissant avec du fenugrec, finissait par obtenir, de juments destinées à mourir d'épuisement dans les brancards et promises au couteau, des changements de pied au temps, des pirouettes, des appuyers, parfois même un joli passage ou un piaffer royal.

Sur chaque cheval, Étienne rédigeait une fiche, notait avec méticulosité les progrès quotidiens, consacrait une colonne aux défauts, une autre aux qualités, expliquait comment triompher des vices et en faire des vertus. Il les recopiait ensuite et les envoyait à Théodore Monod, directeur du service vétérinaire des troupes et chef de l'élevage en Algérie et au Maroc, qui les conserva jusqu'au jour où il les lui rendit avec ce mot : « Voici les preuves éclatantes de votre méthode. Il faudrait maintenant les publier. Vous ne domptez pas les chevaux. Sans contrainte ni fatigue, sans jamais dépasser la limite du jeu physiologique des membres, vous leur apprenez à répondre à la moindre indication formulée par la main ou la jambe, vous développez leurs aptitudes naturelles, aussi bien en haute école qu'en extérieur, et vous portez leurs facultés au sommet. »

Le premier barbe qu'il avait acheté en arrivant en Algérie, un bai-châtain d'un mètre quarante-six au garrot, ressemblait aux brancos du Montana. Étienne l'avait aussitôt appelé Cow-Boy. Il lui dut sa première heure de gloire. Car il neigea beaucoup, en janvier 1894, dans les montagnes de l'Ouarsenis, cette partie de l'Atlas tellien située entre la vallée du Cheliff et les Hauts Plateaux. Le muletier qui ravitaillait le bordj des Beni Hindel, à mille cinq cents mètres d'altitude et à soixante kilomètres d'Orlansuille, et se rendait chaque jour à Boucaïd, où une société belge exploitait une mine de zinc, refusa de prendre la route, qu'il jugea trop dangereuse. Étienne sella Cow-Boy, le chargea de vivres et de farine, et sauva la population affamée après deux heures de marche sur les sentiers gelés. Le lendemain, Français et indigènes, armés de pelles et de pioches, ouvrirent un chemin au muletier en suivant les traces de Cow-Boy, qui fut béni par les roumis et admiré par les Arabes. Dans une longue lettre adressée aux bons soins de Mr Buffalo Bill et restée sans réponse, Étienne raconta à Calamity Jane les prouesses de ce barbe qu'elle aurait tant aimé. En post-scriptum, il ajouta une phrase qui ressemblait à un mystérieux aphorisme : « Avoir le cheval droit d'épaules et de hanches est la difficulté la plus grande de l'équitation. »

De tous les *rogneux* qu'il redressa, Hamïa brillait d'un éclat particulier. Il avait conçu pour cette jument barbe, d'un beau gris pommelé et rouanne, une passion troublante et croissante. Exaspérée par les nombreuses fantasias auxquelles, dès son plus jeune âge, elle avait participé, Hamïa était connue dans toute l'Algérie pour avoir tué, en se cabrant dans les nuages de poudre et de sable, plusieurs des meilleurs cavaliers indigènes, même ceux de la région de M'Sila, sur la bordure nord du Hodna, peuple cavalier s'il en fut. On la surnommait « la démente ». Un rien désormais la paniquait : le claquement d'une porte, l'orage, le bris d'une terre cuite. Tout en cultivant sa redoutable vigueur, Étienne avait réussi à lui redonner confiance. Il la montait en filet simple. Travaillée sur le plat, malgré une encolure épaisse et courte qui rendait impossible le ramener, elle était d'une habileté étonnante et donnait un majestueux trot à extension soutenue ; en extérieur, elle se faufilait partout, jusque sur les sentiers escarpés et glacés de montagne, pourtant impraticables aux mulets de Kabylie. Il lui demandait beaucoup et la ménageait plus encore. Elle avait huit ans lorsqu'il décida de la mettre au pré pour qu'elle devînt poulinière. Elle n'avait pas une tare, pas une molette. Elle était aussi fraîche que si elle n'avait jamais été montée. Étienne lui offrait des vacances en feignant de ne pas l'avoir travaillée. Cela tenait du miracle.

En quelques années, le nom et le pouvoir de Beudant se répandirent dans toute l'Algérie. On l'appela, en français comme en arabe, le sorcier, le mage, ou le guérisseur. On lui apporta des mulets blessés pour qu'il les soigne et des poneys venimeux pour qu'il les *attendrisse*. On le supplia de castrer des entiers et de rendre, à des hongres, la fougue des étalons. Bientôt, il y eut foule à l'entrée de la caserne. Le commandant convoqua le capitaine pour le rappeler à l'ordre.

— Je n'ai pas besoin d'un vétérinaire de plus, Beudant. Vous avez une fonction, ici, et des ordres à donner. Je vous demande de vous soucier un peu moins de vos bourrins et un peu plus de vos hommes. L'État français ne vous paye pas pour monter un cirque. Quant aux chevaux arabes, ce sont des rosses. Vous n'en ferez jamais rien. Disposez !

4

Rabat, 8 juin 1916

Il aurait aimé se battre. Ou plutôt, il ne supportait pas de ne pas se battre. Être épargné l'indisposait. Quand soufflait par rafales un vent froid venu du nord, il avait l'impression de sentir la fumée noire et âcre des bombardements de l'Artois, de la Cote 304 ou du bois des Corbeaux ; les quelques morts aux visages grimaçants qu'il ramassait au cours de ses missions dans le bled lui évoquaient les milliers de cadavres abandonnés, dans la position du Christ en croix, entre les tranchées ; la boue marocaine prolongeait celle de Verdun ; les photographies des journaux et les dépêches militaires le faisaient cauchemarder jusque tard dans la nuit.

C'était la première fois que le capitaine Beudant souffrait d'être à l'abri des choses du monde, écarté du grand théâtre des opérations. Lui que les armes indisposaient avait été rattrapé par un sentiment dont il ignorait qu'il pût être si insidieux, si obsessionnel, un mélange poisseux de lâcheté, de culpabilité, d'inconfort confortable et de dégoût de soi.

Lorsqu'il avait été rappelé à l'activité par la mobilisation du 2 août 1914, il avait aussitôt demandé à être envoyé sur le front français mais le général Lyautey, commissaire résident général au Maroc, avait refusé, préférant le maintenir dans le protectorat.

— J'ai besoin de vous, lui avait confié Lyautey dans son bureau, devant une grande carte d'état-major représentant le pays criblé de punaises rouges. Qu'est-ce que vous croyez ? Le travail n'est pas terminé. Il y a des routes à construire, des voies ferrées à ouvrir. Nous occupons les plaines atlantiques et le Maroc oriental, mais l'Atlas central est encore une zone où le droit n'est pas respecté, le Grand Atlas, avec ses cols, est sous la surveillance des caïds et je ne compte pas les îlots de résistance dans le Rif. Il me faudrait de nouveaux régiments que Paris me prend pour servir de chair à canons aux frontières de l'Est. Et ce n'est pas tout, Beudant. Les Ottomans ont choisi de se donner aux Boches. À Madrid, l'ambassadeur du Kaiser a convaincu le sultan Moulay Hafid de mener un soulèvement contre nous. Leurs sous-marins apportent des armes à Raissouli, Abdelmalek, el-Hiba et Abidin. Je viens de perdre six cents hommes et trente officiers à El Herri. Et les guerriers zaïans ont terrassé la colonne de Laverdure. Oui, j'ai besoin de vous, Beudant. Vous connaissez le Maroc comme votre poche. Vous parlez plusieurs dialectes. Vos chevaux vous mènent partout. Et, si vous n'êtes pas craint, vous êtes respecté. Vous allez devoir convaincre vos hommes et les populations que nous allons gagner, que la victoire contre les Boches est imminente. Car s'ils sentent que nous faiblissons là-bas, ils en profiteront aussitôt ici.

D'abord affecté comme adjoint au colonel Jouinot-Gambetta, qui commandait la cavalerie du Maroc, où se mêlaient chasseurs d'Afrique, spahis et goumiers, Étienne avait été ensuite versé au service des renseignements que dirigeait le commandant Berriau, autant pour obtenir des informations sur les insurgés que pour afficher une confiance, voire une insouciance, qui était destinée à les intimider.

Chaque jour, depuis le début de la guerre, au son de *La Marseillaise*, il voyait partir pour la Marne, la Champagne et l'Artois des dizaines de milliers d'indigènes. En décembre 1914, deux divisions, trente-huit bataillons d'infanterie, une brigade de cavalerie, trois compagnies du génie et onze batteries d'artillerie avaient franchi la Méditerranée. Les généraux Gouraud et Brulard avaient également quitté le Maroc.

Étienne se sentait seul. Il montait toujours plus, comme pour épuiser sa mauvaise conscience et trouver, dans l'exercice physique, une manière de brûler sa débordante énergie, son irrésistible envie d'en découdre. Afin de calmer son ardeur sans emploi, il n'en finissait pas d'acheter des chevaux à des colons français de Châteaudun-du-Rummel, à des charretiers espagnols de Hammam-Righa, à des commerçants juifs d'Affreville, à des caïds de la medjana, à des indigènes du Hodna, ou à des marabouts de Gériville. Il ne voulait pas seulement rendre meilleurs les plus rétifs, et souples les plus raides — dans ce domaine, il n'avait désormais plus rien à prouver —, il jugeait aussi que son devoir était de confier des montures irréprochables à des officiers qui partiraient, les uns après les autres, pour le front, et ne reviendraient jamais. C'était en somme un cadeau d'adieu. Peut-être que, avant d'être déchiquetés par la mitraille allemande, ces cavaliers d'Afrique, condamnés à charger à pied un ennemi invisible et à être crucifiés dans des barbelés couverts de givre, se souviendraient-ils des petits chevaux barbes très obligeants et si affectueux qui leur donnaient l'illusion de galoper plus près du ciel que de la terre.

Étienne s'acquitta de la tâche que Lyautey lui avait confiée jusqu'au jour de juin 1915 où il fut nommé responsable des remontes et haras marocains. Il venait d'avoir cinquante-deux ans. Ce fut un premier répit. Sans en rien laisser paraître, il souffrait déjà. Son corps commençait à payer, au prix fort, toutes les chutes dont il s'était relevé mais qui avaient fini par user son exceptionnelle résistance; son corps avait de la mémoire et il était rancunier.

Le premier accident s'était produit à Saumur lorsque, à vingt-six ans, il servait au 24e dragons. Un steeple avait été organisé un beau jour de l'été 1889. Trois mille mètres à parcourir au grand galop en quelque cinq minutes. Dix obstacles à sauter dans le train, certains faisant à la base deux mètres quatre-vingts et, au point le plus haut, un mètre quatre-vingts. Un fossé de trois mètres cinquante de large et une rivière plus évasée encore. La foule endimanchée, piquetée d'ombrelles blanches et de melons noirs, de femmes blêmes et d'hommes sanguins, s'était massée tout au long du parcours. Elle n'était avare ni d'applaudissements ni de cris où l'excitation se mêlait à l'effroi. Un curé bedonnant avait béni la course et mis, en latin, les cavaliers sous la protection de Dieu.

Le sous-lieutenant Beudant montait Roxelane, une puissante jument baie à l'encolure épaisse et aux épaules rondes qui suait jaune sous le soleil angevin. Elle avait franchi les trois premiers obstacles en tête. Des mottes de terre fraîche voletaient dans l'air bleu à chacune de ses foulées de galop. L'œil fixé sur l'horizon, installé dans une position fœtale dont il ne bougeait pas, Étienne avait l'impression de planer au-dessus de la piste. Ivre de vitesse et d'allégresse, il forçait le vent d'ouest, chargé d'un merveilleux parfum d'herbe fauchée. La victoire était à sa portée. Il ne la voulait pas tant pour lui que pour ses camarades de régiment, qui avaient l'habitude de placer leur fierté de dragons dans le plus modeste concours d'entraînement ou la moindre course dominicale. C'est après la sixième haie que tout avait basculé. Roxelane avait trébuché à la réception. « Soudain, elle fut à la verticale, les jambes de derrière allongées en l'air comme un lapin suspendu à la devanture d'une boutique », raconta un lieutenant qui avait réussi à retenir son cheval avant la bousculade. Tombée sur le flanc, Roxelane avait glissé sur plusieurs mètres ainsi qu'une bête aux yeux révulsés qu'on traîne vers l'abattoir. Lorsqu'elle s'était enfin arrêtée, les cinq chevaux qui suivaient à un train d'enfer, incapables de dévier de leur trajectoire, avaient culbuté sur elle, en masse compacte. Sur elle et sur Étienne, qui, malgré la chute et les chocs, n'avait pas quitté sa selle, une jambe coincée sous le poids de sa jument, l'autre dans son étrier. Couché, mais à cheval ! Il avait aussitôt perdu connaissance. Porté mort au ministère de la Guerre, il s'était réveillé à l'hôpital militaire, après huit jours de coma, couturé et courbaturé de partout. Depuis ce jour, dans tous les régiments montés, on appelait Beudant *l'indécollable*.

Et puis il y avait eu cette autre chute, en Algérie, qui aurait pu lui être fatale. Il était en mission de reconnaissance avec trois de ses hommes lorsque son barbe avait dérapé sur un rocher. Le choc avait été très violent. Le cheval s'en était sorti indemne. Mais lui avait plusieurs côtes cassées, la clavicule explosée et un bras fracturé. L'interminable retour au camp, sous le soleil brûlant, avait été un calvaire. Et encore, cette fois au Maroc où il était en service commandé, l'attaque surprise de rebelles cachés derrière une dune de sable, et son cheval tué en plein cœur qui était retombé sur lui dans un ahanement effrayant d'éruption volcanique, une douleur inouïe, le sentiment de ne plus pouvoir respirer, la cage thoracique comme pressée par un mur de briques, et, plus tard, la sentence laconique du médecin officier, le docteur Desportes.

— Mon capitaine, vous avez aux deux hanches des lésions si mauvaises que vous ne vous en remettrez jamais. Je n'ai pas le pouvoir de vous l'ordonner, mais je vous conseille d'arrêter le cheval. La prochaine fois, si vous ne m'écoutez pas, vous y laisserez votre peau.

Étienne, bien sûr, ne l'avait pas écouté. Un cavalier n'écoute jamais son médecin, il le nargue. Il se croyait assez fort pour gouverner son corps malade et triompher d'une périostite aiguë à la jambe droite. Et il lui était inimaginable de devenir un piéton, un rond-de-cuir, un soldat d'opérette aux bottes luisantes de graisse. Vivre sans monter, c'était cesser de vivre, c'était déjà mourir. Sur son lit d'hôpital, il avait lu, avec passion, comme s'il se fût agi d'un vade-mecum, une biographie du peintre Théodore Géricault, ancien mousquetaire du roi à qui les chevaux « tournaient la tête », et qu'il représentait fous ; malgré trois chutes successives, dont l'une toucha l'épine dorsale, l'artiste avait continué à chevaucher des entiers exaltés, à provoquer la mort. Il s'était éteint à trente-trois ans, un pinceau à la main, convaincu d'être enlevé pour l'éternité par un centaure. Géricault avait non seulement du génie, mais aussi du cran. Faute d'avoir l'un, pensait Étienne, qu'au moins j'aie l'autre.

À peine sorti de sa convalescence, un peu étourdi et encore claudicant, il avait donc prié son ordonnance de lui préparer en même temps une potion anti-douleur et le beau Robersart II. C'était son préféré. L'hongre anglo-arabe bai-cerise d'un mètre soixante-trois au garrot serait le meilleur instrument de sa guérison. Dans sa blouse blanche, Desportes, qui s'était précipité aux écuries, avait levé les bras au ciel.

— Pas Robersart, mon capitaine, vous allez vous rompre le cou !

Beudant avait souri sous sa moustache noire, d'un sourire coupable et impuissant, façon de dire que c'était une drogue dont il ne pouvait se passer. Il savait bien qu'il devrait se sevrer, mais sa passion était plus forte que la raison. Desportes était parti en fulminant :

— Après tout, ça vous regarde, mais vous le paierez un jour.

Étienne avait hérité ce cheval algérien, alors âgé de cinq ans, du capitaine Mascarel, qui, par euphémisme, n'en faisait pas vraiment ce qu'il voulait et craignait fort ses incartades. Il ne fallait pas moins de six hommes pour le lui tenir au montoir; cela faisait rire tout le régiment. En revanche, dès qu'il était passé sous la selle de Beudant, Robersart II était devenu doux comme un agneau.

— C'est pourtant simple, avait lâché laconiquement son nouveau maître, il suffit seulement de ne pas *l'agacer*.

Mascarel était partagé entre l'humiliation et l'admiration.

Car, en trois ans, Étienne en avait fait un champion, toutes disciplines confondues, un athlète complet. Il volait au-dessus des barres dans les concours hippiques, on eût dit qu'il se promenait, qu'il jouait avec les obstacles, ou s'en moquait. Ses plus fervents apôtres étaient le général Lyautey, l'ambassadeur de Saint-Aulaire, ministre de France à Rabat, Théodore Monod, directeur du service vétérinaire des troupes, qui tous trois l'avaient applaudi après un tour de légende et le tenaient désormais pour le meilleur cheval d'Afrique du Nord. Le cross-country de quatre mille cinq cents mètres, avec passage de plusieurs dunes de sable, auquel il avait pris part le 9 novembre 1913, était également resté dans les annales car, malgré une erreur de parcours, Robersart II avait franchi le poteau d'arrivée avec soixante longueurs d'avance sur les onze concurrents, tous montés pourtant par d'excellents gentlemen-riders.

Et comme s'il fallait encore, à toutes ses vertus, ajouter de la grâce, le cheval dressait avec une parfaite légèreté, rehaussée par une invisible et mutine allégresse. Profitant de ses dons, Étienne lui avait d'ailleurs appris, le plus naturellement du monde, à exécuter le trot et le galop en arrière avec changements de pied. Ils arrachaient aux spectateurs ébahis ces « oooooh » enfantins qu'appellent les tours de prestidigitation. Sans compter, en guise de divertissements, le pas espagnol, le piaffer, les appuyers à faux sur des cercles complets, le trot à extension soutenue ou les pirouettes renversées. Vibrant et aérien, le cheval semblait ne jamais toucher le sol.

Sa présentation officielle, en 1914, devant Moulay Youssef, sur une cour pavée, avait couronné sa tonitruante renommée.

— Votre Robersart, avait décrété le sultan de l'empire chérifien, est un authentique buveur de vent. C'est un cadeau de Dieu. Il vous mènera au paradis comme, dans la dix-septième sourate, la jument al-Buraq emmène au galop le prophète Muhammad à La Mecque et le conduit au septième ciel.

Un hommage et une promesse de félicité que le capitaine Beudant au garde-à-vous, le képi sous un bras, l'autre tenant son cheval par les rênes, avait accueillis en s'inclinant respectueusement, sans mot dire.

Le plus étonnant est que Robersart II montrait, en extérieur, les mêmes aptitudes qu'en haute école, sur un rectangle de dressage, ou à l'obstacle, sur l'Aguedal de Rabat. Étienne n'avait jamais oublié ce jour caniculaire de l'été 1914, au lendemain de la mobilisation, où il avait conduit, de cinq heures du matin jusqu'au début de l'après-midi, une reconnaissance de plus de cent kilomètres chez les Beni-Hassen, où les Zemmours auraient fait irruption, sans cesser de galoper, sautant des murs de pierres sèches et d'aloès, franchissant gaiement de larges contrebas, et rentrant au camp avec une monture tranquille. Étienne était trempé mais sa monture avait le poil sec. C'était un signe qui ne trompait pas. Preuve irréfutable d'une équitation parfaite.

Étienne se remémorait tous ces beaux moments de complicité, de tendresse canaille, de plaisirs partagés, de solitude à deux, lorsque son ordonnance, après l'avoir pansé de près, sellé, à peine sanglé, avoir mis le filet et réglé les étrivières au trou le plus bas, lui avait amené Robersart à la manière, lente et protocolaire dont un père intimidé conduit sa fille à l'autel. Il lui avait donné les rênes et, les mains jointes en guise de marchepied, l'avait aidé à se hisser sur le dos du cheval qui, bien élevé, n'avait pas bougé. Il attendait, serein, heureux, complice, son partenaire.

Dans son uniforme blanc sur lequel brillait une barrette multicolore de décorations, Étienne avait quitté les écuries au pas, en donnant l'impression de ne pas souffrir de ses membres ankylosés, rouillés, fatigués. Ses cuisses tombaient naturellement et semblaient ne jamais toucher le cheval. Pas d'appels de langue, pas de déplacement d'assiette, descente de jambes continuelle — une statue en mouvement. Il s'était frayé un chemin à travers la foule bigarrée des piétons et des ânes. Sorti de la ville, il avait demandé le trot, puis le galop. La chaleur montait. Le soleil dardait. Il était repassé au pas à l'approche d'un douar, qu'il avait traversé dans un style de manège, pour le plus grand plaisir d'une poignée de nomades, et avait continué sa promenade jusqu'à une oasis. Sans qu'il ait à le lui demander, Robersart II, les rênes sur le cou, était entré dans l'eau verte en passageant. Sa belle robe mouillée étincelait dans la lumière ocre du grand Sud, on aurait dit le vitrail d'une basilique de muscles. Étienne caressa longuement l'encolure de son cheval à l'arrêt. Au mitan de sa vie, il était heureux de son propre bonheur, qu'il savait pourtant menacé. Combien de temps pourrait-il encore monter, braver ses douleurs chroniques, se moquer du bon docteur Desportes ? Et que ferait-il si, un jour, il devait rester collé au sol, perdre les quatre jambes que, depuis toujours, les chevaux si généreux lui avaient prêtées, être condamné à l'horizontalité, lui qui n'avait vécu qu'à la verticale, toujours plus haut, toujours plus droit ?

De lancinants youyous, venus de derrière les dunes, berçaient sa soudaine mélancolie. De capiteux parfums de jasmin, de réglisse et de citron embaumaient l'air tiède, dans l'ombre théâtrale des palmiers. Robersart II tourna sa longue tête vers son cavalier et l'interrogea du regard.

— Oui, je sais, tu comprends tout. Allez, mon beau, on rentre à la maison. Après, je n'en sais rien. Que Dieu te garde et me protège.

5

Dax, décembre 1923

Étienne avait choisi de se retirer à Dax afin d'être, croyait-il, le plus près possible de cette Afrique du Nord que, pendant vingt-huit ans, il avait tant aimée et assez loin de Paris, où il ne voulait plus retourner. Des médecins lui avaient assuré que le climat des Landes, les eaux chaudes de la ville thermale, les précieuses algues de la source de la Nèhe, les ombres tièdes du parc du Sarrat et du bois de Boulogne, auraient raison de ses infirmités. Il les crut. Il n'avait plus rien à perdre. Son désabusement n'irait pas plus loin.

Il acheta, en bordure de la ville, sur un belvédère coiffé de hauts pins, une maison simple et blanche où il entreposa les vestiges de son passé marocain, les preuves de sa passion pour le désert, pour une civilisation devenue la sienne : des tapis berbères en laine d'agneau, des lampes en peau de chèvre décorée au henné, des poufs en cuir, des tables basses en cèdre du Rif, des coffres en thuya de Meknès, des céramiques de Safi, des plateaux en laiton martelés avec des motifs géométriques, une théière en maillechort, des plats en terre cuite pour les tajines ou la pastilla, des croix du Sud et des miroirs en cuivre ciselés à la main. Tous ces objets provenaient du souk de Marrakech, de la médina de Fès, des arrière-boutiques de Rabat, Tétouan ou Essaouira. Parfois, aussi, on les avait offerts à l'écuyer en signe d'admiration et au guérisseur en gage de gratitude. Ils exhalaient un parfum de vieux bois, de cire d'abeille, d'argenterie, et de peau de bête.

Étienne continuait de vivre dans un intérieur marocain ; à la nuit tombée, il enfilait une djellaba blanche ou crème, et faisait brûler de l'encens dans une coupelle. Il s'imaginait à Chefchaouen, à El Jadida, à Tafraoute, dans la vallée de l'Ourika, le cirque de Jaffar ou les gorges de l'Oued-el-Abid. Il savait tout de ce pays qui lui ressemblait, si âpre et généreux à la fois, si savant et si sauvage. Il passait des soirées à feuilleter des albums de photos aux bords crénelés en buvant du thé à la menthe brûlant et très sucré. Il lui arrivait de ne pas reconnaître un village, un douar ou une palmeraie. C'est qu'il avait plus arpenté le Maroc à cheval qu'à pied. Il l'avait découvert en plongée, exploré en hauteur, parcouru aux trois allures. Il l'avait caressé. Qu'importe s'il ne se souvenait pas de certains lieux, et si des noms lui échappaient. Car il n'oublierait jamais, en revanche, les lumières, les reliefs, les perspectives et les visages qui s'offrent, loin des chemins balisés, au cavalier solitaire. Ce Maroc-là était son trésor intime.

Dehors, c'étaient les Landes. D'une vieille remise, il fit une petite écurie de quatre box ouverts sur les frondaisons. Il transforma le jardin en carrière rectangulaire, qu'il recouvrit d'un sable blond, atlantique. Il eût rêvé de construire un manège en bois afin de pouvoir monter les jours de grande pluie ou lorsque l'hiver tomberait sur la forêt, mais il n'en avait pas les moyens. Au voisin, qui observait d'un œil suspicieux cet étranger empruntant à la fois au militaire à la retraite et au Touareg en exil, il loua son champ afin de disposer d'un paddock, qu'il augmenta d'une cabane en bois et d'un abreuvoir en zinc. Étienne se reconstituait dans l'herbe haute. Après l'immensité africaine, après les expéditions au petit trot vers l'inatteignable ligne d'horizon où le ciel se confond avec le sable, après les piaffers divins au partage de midi, il révisait ses rêves à la baisse, réduisait, sous abri, le périmètre de ses aspirations et de ses ambitions.

Lorsque sa femme le quitta, emmenant leur fils unique à Paris, il n'éprouva même pas de chagrin. Il l'avait rencontrée en Algérie, lors d'un bal de sous-préfecture, elle l'avait suivi au Maroc, où ils s'étaient mariés un peu par fatalisme, beaucoup par intérêt. Sacrifiant son cher célibat et ses belles brunes d'un soir, Étienne avait obéi à ce qu'il croyait être son devoir. Ses supérieurs l'avaient d'ailleurs félicité pour ce bon choix. Calculatrice, elle se disait qu'il finirait bien par rentrer en France et lui permettrait de quitter enfin ce pays, peuplé selon elle de « culterreux », où son père avait fait fortune dans le commerce d'un vin lourd et noir dont Paris, friand d'exotisme, raffolait alors. Ils ne s'étaient jamais aimés. Ils s'étaient simplement accommodés l'un de l'autre, faisant bonne figure dans les lieux où il convenait aux officiers de se montrer avec leurs épouses. Un garçon était né de cette union bancale, et si triste.

Elle détestait les chevaux, et plus encore depuis que son père l'avait inscrite, à l'adolescence, dans un centre équestre fréquenté par les enfants de la bourgeoisie blanche et tenu par un ancien militaire acariâtre et manchot. De cette brève expérience, elle avait conclu que l'animal est inconfortable, dangereux, sale, méchant et inutile, lui préférant de pétaradantes automobiles. Elle attribuait le goût de son mari pour les chevaux à une perversité coupable, un vice inexplicable. Elle rêvait de mondanités, de thés dansants, de dîners aux chandelles, de valses viennoises, de tous les plaisirs qu'il avait toujours fuis, de tous les divertissements qui l'ennuyaient. L'installation à Dax avait eu raison de ses dernières illusions. La perspective de vieillir dans cette province sans avenir, de sentir le fumier humide jusqu'à la fin de ses jours, de ne plus fréquenter qu'un presque invalide dont la solde était dérisoire et le prestige cantonal, lui était insupportable. Elle fit donc ses valises. Au moins, pensa Étienne, les choses étaient claires. D'ailleurs, depuis qu'il avait quitté Rabat, sa mélancolie était si profonde qu'il ne trouvait de réconfort que dans la solitude. Il engagea un palefrenier, René Coumet, pour faire chaque jour, aux écuries, ce que son corps désormais lui refusait.

À soixante ans, Étienne Beudant, bardé de médailles et galonné de blessures, était déjà un vieillard bancroche, courbé, précautionneux. Et comme s'il ne suffisait pas que des chutes, innombrables, l'eussent brisé, voici que l'arthrite gagnait ses jambes, faisait grincer ses articulations, donnait à sa démarche désemparée une claudication de brocard blessé. Il n'avait travaillé qu'à la souplesse, il était maintenant empêché par des cals osseux. Il avait aspiré à la volupté, il n'était plus qu'une raideur profilée et sécante. Il cliquetait, s'aiguisait, se concassait, s'émiettait. Ce corps l'abandonnait, qui avait été le meilleur allié de son esprit et l'auxiliaire fidèle de sa métamorphose ; il lui semblait qu'il était devenu une pièce détachée, une antiquaille rouillée. Monter lui était désormais un supplice. Un bienheureux supplice. Ce que sa mère, très pieuse, appelait autrefois « une ordalie ». Il ouvrit son dictionnaire : « Jugement de Dieu par l'eau ou le feu. » Et par les chevaux ?

Car le militaire à la retraite préférait encore la compagnie quotidienne de la douleur à l'effroi du désœuvrement et à la méchanceté du ressentiment. C'était un authentique stoïcien. Au général Jouinot-Gambetta, il écrivit, d'une écriture penchée : « La souffrance ne me quitte jamais, mais elle seule peut adoucir l'amertume que l'inaction m'a laissée. Tout est fini pour moi, et je ne suis même plus capable de m'occuper d'équitation, art qui m'a tant passionné que l'on m'a souvent reproché de trop m'y adonner. »

Indifférent à l'actualité, Étienne se concentrait, afin de mieux les gouverner, sur son mal et ses regrets. Les rares journaux auxquels il s'était abonné lui apportaient des nouvelles qu'il lisait d'un œil distrait, comme s'ils rendaient compte d'un monde auquel il n'appartenait plus. L'acquittement, ovationné par les surréalistes, de Germaine Berton, une militante anarchiste qui avait tué d'un coup de revolver le secrétaire de rédaction de *L'Action française* ; les conseils de guerre français qui, outre-Rhin, n'en finissaient pas de siéger à la hâte pour condamner à la peine capitale ou aux travaux forcés les Allemands qui assassinaient nos officiers ou sabotaient les voies de chemin de fer ; la tentative avortée d'Adolf Hitler de renverser, à Munich, le gouvernement bavarois ; et encore les funérailles, orchestrées par les ligues nationalistes, de Maurice Barrès, dont il avait pourtant lu avec ferveur *Amori et dolori sacrum*, et où il avait souligné cette phrase qui, désormais, lui tenait lieu de philosophie : « Je pense qu'il faut aller dans les endroits où l'on meurt, pour apprendre à se résigner », tout cela glissait sur sa vieille carcasse sans jamais l'accrocher, à la manière d'un pauvre spectacle de cirque itinérant où les enfants rient de bon cœur tandis que les adultes sont saisis par une tristesse sans nom, qu'ils peinent à désigner et à dissimuler.

À deux amazones de Dax, issues de la grande bourgeoisie, et à un colonel d'infanterie du cadre de réserve, qu'attirait vers sa colline inspirée la légende déjà attachée à l'écuyer mirobolant retour d'Afrique, Étienne avait loué trois box. Les dames y avaient mis un frison hautain et un pur-sang susceptible, qu'elles vouvoyaient amoureusement afin de mieux cacher combien elles avaient peur de les monter. Le colonel y avait ajouté un trakehner bai aux épaules athlétiques qu'il martyrisait de sa main trop dure et de sa jambe hargneuse. Étienne leur prodiguait des leçons deux fois par semaine, dont ils se flattaient aussitôt en ville, mais il était sans illusion sur les progrès de ses élèves, qui, tout en lui donnant du « maître », ne venaient pas là pour apprendre l'humilité mais pour fournir une raison à leur vanité.

Le quatrième box, mieux paillé, repeint à neuf, au fond duquel était accrochée une grosse pierre à sel, était réservé à sa dernière chance et sa prochaine utopie. Elle s'appelait Vallerine. Oh, sa belle, sa fière, sa mutine Vallerine. Un mètre cinquante-sept au garrot, une tête fine sur une nuque large, une robe alezan miroité. Son ultime espoir, aussi. Sa revanche, peut-être, sur le destin qui l'avait condamné. Et un défi rageur à la médecine.

Née à Guiche, dans les Basses-Pyrénées, elle avait trois ans et, au pré, des allures de princesse rebelle. Deux officiers néerlandais, qui se proclamaient ses disciples après avoir lu *Le Cheval d'amateur*, un bref essai paru à Blida en 1912 dans lequel Beudant rendait hommage à Faverot de Kerbrech et préconisait « la séparation des aides dont l'alternance seule peut faire un cheval dressé », lui avaient offert cette jument anglo-arabe déjà débourrée en le priant seulement de l'accomplir. Celui qui, dans une lettre, se plaignait d'être un « estropié manquant des moyens qu'on dit indispensables », avait caché à ses visiteurs ses douleurs, son usure, sa fatigue, et promis de dresser la jeune Vallerine.

Il n'en était encore qu'aux préliminaires, mais la jugeait pleine de promesses. Chaque jour, il la longeait avant de la monter en simple mors de bridon. Il travaillait d'abord à l'assouplir, à relever sa tête un peu trop encapuchonnée, à libérer l'extension des épaules, se contentait ensuite de voltes, demi-voltes, reculers, poussait parfois jusqu'aux appuyers et aux changements de pied au galop. Il lui demandait peu, la récompensait beaucoup. Tout ce qu'il avait appris depuis trente-cinq ans, ou plutôt tout ce que les chevaux lui avaient enseigné, il l'offrait à Vallerine avec d'autant plus de générosité et d'exigence qu'elle serait — il se le répétait pour tenir bon, pour aller jusqu'au bout de sa tâche — sa dernière œuvre. Il écrivait sur son dos ses meilleurs principes, ses maximes définitives. Elle allait être à la fois son autobiographie et son testament. Et la preuve vivante de son art : jamais le théoricien de *Main sans jambes* et des aides invisibles n'avait mieux mesuré, maintenant que le bas de son corps était rongé par la rouille osseuse, combien il suffisait d'une main fixe et insinuante, d'une descente moelleuse des cuisses et d'une assiette profonde pour obtenir le relevé à partir duquel sa jument devenait légère, pure et gracieuse. Il lui arrivait néanmoins, pour suppléer à ses jambes démusclées, d'utiliser des éperons aux molettes acérées. Mais aussitôt il s'en excusait auprès d'elle.

— Je n'ai pas le choix, ma belle. Pardonne-moi.

De Vallerine, Étienne le célibataire parlait comme de la femme qui désormais lui manquait, avec un mélange de lyrisme et de tendresse. Pour ne pas avoir l'air trop fleur bleue, il les corrigeait aussitôt, dans les lettres adressées à ses amis hollandais, par la mathématique de l'admiration : « Le poitrail est bien ouvert; l'épaule, très belle, est bien dirigée; la poitrine est descendue. La croupe, commencée par la bosse du saut, est longue et large et les hanches sont saillantes. La jument est bien ouverte du derrière ; elle repose sur une bonne membrure avec des paturons en bonne direction et d'excellents pieds. À l'écurie, quoique nerveuse et impressionnable, elle est d'une douceur incroyable ; elle ne mord ni ne frappe. On peut la toucher partout et lui lever les pieds dans n'importe quelle position comme à un chien docile. »

Au début, il s'était consacré, pour l'essentiel, à lui apprendre la sérénité. Cela prit du temps. Car elle était d'un naturel ombreux et anxieux. À la moindre contrariété, au plus petit effroi, elle faisait demi-tour, se levait ou se collait contre les murs. Il lui apprit, ainsi qu'à un enfant, à ne craindre ni les bruits violents ni les mouvements suspects, à n'être jamais décontenancée. Il l'emmena en ville pour lui faire connaître le grondement des automobiles, en forêt pour l'habituer au mugissement du vent dans les hautes branches, et le long des lignes de chemin de fer où passaient des trains rapides dans un vacarme brûlant de ferraille et de forge. Il lui enseigna à la fois les chemins bourbeux, les champs boueux, le macadam, les terrains secs, les gués, les talus, les sous-bois à taons et les trottoirs commerçants de Dax. Il portait une longue pèlerine en caoutchouc qui claquait sous la pluie et sur les hanches de la jument enfin rassérénée. Elle était devenue, selon ses propres mots, « de tout repos ». C'était le signe paisible de la victoire.

Il augmenta progressivement les rations, lui donna du foin à volonté, la mit chaque jour au paddock après le travail, demanda à René de la panser longuement, et lui parla beaucoup, surtout au box. Le luxe dans lequel vivait Vallerine était proportionnel aux efforts qu'il lui demandait, aux prouesses qu'il attendait d'elle. C'était à la fois une princesse et une championne. Elle semblait le comprendre et relevait la tête avec fierté quand Étienne la flattait.

Le matin, l'entendant marcher et venir vers elle, Vallerine hennissait d'impatience et de joie. Elle ne réservait ce chant du réveil qu'à son dresseur, son précepteur. Les jours passaient sans se presser. Ils étaient dévolus au bonheur tranquille de ce couple morganatique isolé dans la campagne landaise : une toute jeune anglo-arabe belle comme l'azur et un barbon franco-arabe aussi émouvant qu'un chêne usé dont les branches meurent vers le bas. C'était beau de voir l'une frotter ses flancs dorés contre l'écorce fripée de l'autre.

6

Dax, 24 décembre 1926

Depuis quelques jours, la neige avait recouvert les champs autour de la maison, qui fumait noir dans l'air blanc. Les arbres avaient la transparence du verre filé de Venise. Les oiseaux se cachaient sous les toits pour se réchauffer et pépiaient dans leurs nids de brindilles grises. La campagne était rendue au silence. La familière musique des fers et des cuirs s'était tue. Recouverts de grosses couvertures matelassées, les chevaux ne quittaient plus leurs box haut paillés dont, pour les protéger du froid, les volets en bois étaient fermés. Vallerine hibernait dans une obscurité tiède, un parfum de crottin boisé, une buée d'enfant.

Étienne, parce qu'il croyait aux vertus du travail quotidien, maudissait le mauvais temps qui contrariait les fulgurants progrès de sa jument. Désœuvré, il ressemblait à un sculpteur sans terre glaise, à un peintre sans couleurs. Il rongeait son frein. Réveillée par le froid, la douleur lancinante qui saisissait ses jambes de bas en haut ajoutait à son ennui et à sa colère. Car il sentait bien que les forces lui manqueraient pour attendre les beaux jours et qu'il n'aurait plus le courage, après le dégel, de se faire hisser par René sur le dos de sa belle. Son médecin de Dax était d'ailleurs de plus en plus pessimiste. Déjà, un lit à gouttière lui avait été réservé, à partir de février, au sanatorium de Bidart, dans les Pyrénées-Atlantiques. Plus il vieillissait, plus il s'allongeait.

Pour s'occuper durant cet hiver qui n'en finissait pas de figer la nature et les chevaux, il écrivait chaque jour, près du feu de cheminée, une lettre circonstanciée aux deux capitaines hollandais qui avaient eu la générosité de lui confier Vallerine et qui, sachant le dénuement dans lequel il vivait, envoyaient à date fixe l'argent nécessaire à son entretien, souvent même un peu plus, afin, prétextaient-ils, de le transmettre aux associations chargées de secourir les victimes de la Grande Guerre. « Ne protestez surtout pas, lui répondaient-ils dans un excellent français lorsqu'il lui arrivait de se plaindre de leur prodigalité, car nous vous sommes redevables de la science que vous voulez bien nous transmettre. En dressant Vallerine selon les ultimes principes de François Baucher, vous nous instruisez. C'est nous qui sommes vos débiteurs. »

Pour exprimer sa reconnaissance aux deux étrangers si délicats et si courtois sans lesquels, depuis son séjour à l'hôpital de Talence, en mai 1922, il ne serait plus monté à cheval, Étienne prenait soin de glisser dans les enveloppes de mauvaises photos de leur protégée prises, sous des angles différents, et souvent en tremblant, par René Coumet. Il ajoutait des images aux commentaires que les prouesses de sa « petite jument du pays » à la bouche liante et au galop coulant lui inspiraient. Il continuait d'obéir à son idée fixe : « tâcher d'imiter la nature » et ne laissait pas de répéter que « le dressage réside dans le *préparer*, le reste n'étant que de l'application ». En ce soir de Noël, il fit un premier et prometteur bilan de son travail.

Vallerine était désormais docile, franche et régulière. Elle qui montrait de tels signes d'irascibilité se concentrait maintenant dans le calme, voire la bonne humeur. Elle trouvait, sans que jamais on l'y contraigne, son équilibre naturel, aussi proche de celui qu'elle aurait si elle était en liberté. Son travail de deux pistes, au galop juste et à faux, était irréprochable. Elle exécutait, avec des aides très légères, les pirouettes renversées et ordinaires. Elle brillait même au passage. Elle s'était musclée et arrondie. Elle n'esquivait aucun ordre de son cavalier, elle semblait au contraire le réclamer et s'en jouer. Et tout cela avait été obtenu avec simplicité, sans brutalité. Elle était prête pour la haute école. Sans le savoir, elle venait de naître à l'art équestre.

Derrière les arbres, les cloches des églises de Dax appelaient à la messe de minuit. La neige, poussée par un vent venu de la mer, tombait à l'oblique sur les Landes. Plongé dans le récit de cet avènement, qu'il tenait chaque fois pour un nouveau miracle, Étienne, qui n'était pas vaniteux, ne cachait pas sa joie. Couchée sur le papier, l'évocation de Vallerine lui avait fait un peu oublier ses souffrances et sa solitude. Elle lui rappelait sa jeunesse marocaine et tous les chevaux hagards qu'il avait remis sur le droit chemin à la manière, pensait-il, dont certains éducateurs se chargent d'offrir aux repris de justice une seconde chance, leur apprennent à montrer ce dont ils sont capables, à donner le meilleur d'eux-mêmes, à transformer les vices en vertus. Finalement, il avait été un moraliste. Il avait œuvré pour un monde meilleur. Dans cette entreprise, les chevaux avaient été ses alliés.

Et pourtant, il ne put se retenir de conclure sa lettre aux officiers du Nord par une phrase désenchantée : « Sa conversation entre mes mains n'a plus aucune autre utilité que ma satisfaction personnelle. » Il ne voulait pas se résoudre à ce plaisir égoïste, de plus en plus menacé. Il ne s'était jamais préféré, il n'allait pas commencer à céder à cette complaisance maintenant que les forces le quittaient. Vallerine avait la vie devant elle, la sienne était derrière lui. Ce que la jument lui avait offert, ce dont elle témoignait, ce pourquoi elle grandissait, il était temps d'en faire don à celui qui, plus valide, moins isolé, en tirerait d'autres bonheurs encore, et d'aussi grandes fiertés.

Il savait très bien ce que cette décision chrétienne, prise le soir de Noël, signifiait. En cédant Vallerine, il tirait un trait définitif sur son histoire avec les chevaux. Il n'aurait désormais plus de raisons de monter. Il se coucherait pour toujours, comme font les vieilles haridelles qui s'éloignent des humains pour aller s'étendre sur le flanc au fond d'un pré, n'ont même plus la force de chasser les mouches ni d'avoir peur des prédateurs, étirent leur longue tête osseuse dans l'herbe douce et ferment les yeux. Il perdrait la mémoire. Il attendrait la mort. De sa fine écriture penchée, Étienne signa la lettre et, sans toucher au blanc de la dinde et à la petite bûche que Jeanne Darrieussecq avait posés sur un plateau marocain dans le salon oriental, alla se coucher, en boitant, dans la nuit étoilée.

7

Dax, 12 mai 1927

Sans quitter sa chaise roulante, qui désormais lui permettait de se déplacer, d'un geste sec il tira sur les deux loquets et ouvrit la porte du box. Tête contre le mur, offrant au visiteur ses fesses lisses et tendues, Vallerine mâchait du foin croquant. Au bruit, elle se retourna et, la bouche pleine, les oreilles tendues, regarda fixement Étienne, qui l'appela.

— Viens, ma belle, tsi, tsi, approche, ma princesse, tsi, tsi.

Vallerine fit deux pas vers le seuil, où son maître tendait son bras vers elle. La lumière du matin donnait à sa robe fauve des nuances dorées, l'éclat du jour qui se lève pour triompher. Elle inclina la tête et la lova au creux du ventre d'Étienne.

— Bonjour, ma grande, ma câline, ma frotteuse, ma belle à moi, mon enfant, tsi, tsi.

Il caressa son chanfrein de haut en bas, gratta ses joues cuivrées et, sous la crinière noire, tapota son encolure aussi douce que de la soie. De bien-être, la jument ferma les yeux, se laissa masser comme une femme ronde dans la vapeur savonneuse. Mieux elle s'abandonnait, plus sa tête s'alourdissait et pesait, de tout son poids de plaisir, sur les jambes maigres d'Étienne. Il lui parlait maintenant d'une voix chuchotante de confessionnal.

— Oh, ma buveuse de vent, on va se quitter, tu sais. Non, tu ne sais pas. Qu'est-ce que tu peux comprendre, d'ailleurs ? C'est un mystère pour moi. Dieu sait que j'en ai monté, des chevaux, eh bien, vois-tu, ils gardent toujours leur secret. J'ai passé ma vie à tenter de le percer, et ce fut en vain. Toi et tes congénères, on peut vous dresser, mais pas vous dompter. Vous restez des énigmes pour nous, pauvres humains. Je te disais donc qu'on va se quitter. Ne m'en veux pas, je ne peux plus rien faire pour toi. Ça vaut mieux comme ça. Tu es si jeune, et je ne suis qu'un vieux rogaton. Regarde-moi, tsi, tsi, j'ai l'air de quoi, dans ma chaise. Oh, si j'avais ton âge, ton énergie, tes muscles, ton impatience... J'ai tellement de choses à t'apprendre, encore. Tu es douée, ma gazelle, et je voudrais avoir vingt ans pour te donner du génie, mais voilà, ce bonheur et cette fierté me sont refusés. Je vais laisser le boulot à un autre. Ne t'inquiète pas, je le choisirai bien.

Vallerine s'assoupissait mollement, seules ses

petites oreilles dressées et mobiles semblaient recueillir les regrets du vieil homme. Elle ronflait maintenant, d'un ronflement de bébé enrhumé.

— On s'aimait bien, dis, on était faits l'un pour l'autre, tu ne trouves pas? On ne s'est jamais ennuyés. C'est ça, le plus important.

De ses yeux bleus coulèrent sur ses joues parcheminées des larmes qu'il ne pensa même pas à essuyer. Dans les arbres du printemps, des bergeronnettes et des pipits jacassaient. La chaleur commençait à monter du sol. La terre meuble attendait d'être foulée par des pieds propres, des fers chauds.

— Tu sais, après toi, il n'y aura personne. Tu es mon dernier cheval. Je vais finir ma vie dans ce fauteuil. Je n'aurai plus, pour consolation, que le spectacle des chevaux en liberté. Quand ils trotteront haut dans l'herbage, galoperont dans un accès de folie, joueront à se faire peur avec leur ombre, j'imaginerai que je les monte à cru. Ce sera ma récréation de retraité. Allez, ça suffit, pourquoi est-ce que je te raconte tout ça...

Comme si elle avait compris, Vallerine, en s'ébrouant, retourna à son tas de foin vert, où elle fit le tri. En se récitant une devise orientale : « Patience et résignation, et que Dieu nous aide », il referma la porte du box et cria en direction de la sellerie :

— René, avez-vous fini de charger toutes les cantines?

Étienne Beudant avait pris sa décision un mois plus tôt, lorsqu'un chirurgien de Bordeaux lui avait signifié qu'il ne pourrait plus marcher.

— Et monter?

— Encore moins, mon capitaine. Il faut vous faire une raison. Vous ne cavalerez plus qu'en rêve. Ou dans vos souvenirs. Vous avez toute votre tête, mais le corps ne suit plus. Vous payez vos folies. On paie toujours ses folies.

— Quelles folies? Tout ce qui m'est arrivé de bon m'est venu par le cheval. Et puis je vais vous faire un aveu, docteur. Je reconnais volontiers que, contrairement à vous, je n'ai pas rendu de grands services à l'humanité, et je le regrette. Mais ma vie n'a pas été inutile aux chevaux, qui sont les plus fidèles amis de l'homme. Ils nous aident à débarder le bois, creuser les sillons, ramasser le foin, chasser, franchir des cols inaccessibles, traverser les continents, tirer la voiture des jeunes mariés et faire venir à temps l'accoucheur dans la maison où l'enfant va naître. J'en ai sauvés beaucoup qui, en raison de leur mauvais caractère ou de leur rétivité, auraient fini à la boucherie si je n'avais cherché et trouvé ce qu'il y avait de bon en eux. En somme, docteur, j'ai fait pour eux ce que vous faites pour nous. Mais, si vous me permettez, c'est plus difficile encore, car ils ne parlent pas. Il faut traduire leur silence. Et cela prend des années, des années...

En rentrant chez lui, Étienne avait téléphoné à son ami, le capitaine Bernard, qu'il avait connu en 1888, au 24e dragons. Il montait désormais au manège Jules-Pellier, rue Chalgrin, à Paris. C'est à lui qu'il avait autrefois confié Mimoun, son joli cheval marocain. Ce jour-là, il lui avait demandé s'il accepterait aussi de se charger de Vallerine. Il avait confiance en lui. Il se souvenait de son tact équestre, de sa patience, de sa justesse. C'était un musicien de la rêne extérieure, celle des écuyers, pas un de ces cavaliers de régiment qui tiraient à hue et à dia sur la rêne intérieure, celle des nuls. Il lui avoua qu'il ne supporterait pas d'abandonner sa jument à des ignorants, à des mains brutales qui ne savent que casser et humilier. Il préférait l'envoyer au couteau plutôt que la voir se défaire sous la selle d'un « prétentieux incapable ». Le capitaine Bernard avait accepté, non sans exprimer une certaine inquiétude.

— Je ne suis pas sûr de mériter une telle charge, et puis je ne la connais pas, ta Vallerine. Qui va me donner les boutons ?

Pour le rassurer, Beudant lui promit alors de glisser, dans la cantine où il rangerait les filets et les brides, un vade-mecum, un aide-mémoire, une manière de mode d'emploi. Tout y serait indiqué. Il n'aurait qu'à suivre, à la ligne, les préceptes et les conseils.

Il avait aussitôt prié René Coumet de se rendre à la gare de Dax pour organiser, par train, le long voyage de Vallerine jusqu'à Paris, prévu le 12 mai. Et puis, il se mit à la tâche. Elle lui semblait simple. Elle devint soudain compliquée. Car il y avait tant à raconter, tant à expliquer. Il passa la nuit à rédiger, malgré les souffrances que son poignet rongé par l'arthrose lui faisait endurer, cette lettre d'accompagnement qui était en vérité, mais il ne le savait pas, une lettre d'amour, une lettre d'adieu. Elle devait compter deux ou trois feuillets ; à l'aube, il en avait rédigé d'un jet, sans ratures ni repentances, quatre-vingt-une pages. Il sourit de son bavardage, de son radotage, de sa maniaquerie, de sa trop grande sensibilité.

L'usage et l'entretien de Vallerine étaient en effet consignés avec une précision maniaque. Cela ressemblait aux instructions déposées par des parents inquiets et trop aimants dans la valise de l'enfant qui part pour longtemps à l'étranger. Le toilettage de la queue, qu'il fallait couper à la hauteur des boulets afin de permettre à Vallerine de bien chasser les mouches ; le pansage depuis la croupe jusqu'au toupet ; le ferrage, d'autant plus facile que jamais elle ne tirait au renard ; la nourriture, à base d'avoine, de maïs et de carottes — rien n'était laissé de côté. Étienne déconseillait le sucre et préconisait, afin de calmer la gourmandise et de distraire l'ennui au box, l'usage des pierres à sel — il en avait d'ailleurs placé quatre, grosses et rugueuses, dans la cantine des soins. Sur la robe de satin, la plus petite cicatrice, le moindre abcès étaient signalés. Le tapis de selle n'était pas nécessaire, mais il convenait de placer un petit tricot afin de protéger le garrot. Le harnachement de tête, comprenant une bride du 5e chasseurs d'Afrique et un filet cousu datant des steeples de Sedan, en 1886, les deux graissés avec de la vaseline, devait être ajusté ainsi : la sous-gorge réglée au premier trou en bas, le canon du mors placé sur la langue du côté où les lettres sont gravées, les crochets de gourmette sur leur plat. Même pour monter ou mettre pied à terre, Étienne, dans sa lettre, imposait un protocole rigoureux et invariable. Ne pas le respecter, c'était prendre le risque de désorienter la jolie susceptible, de lui faire perdre ses repères et d'ajouter, au trouble du long voyage, celui d'une équitation nouvelle.

Restait, pour Étienne, l'essentiel : comment travailler Vallerine, l'avoir légère et droite, entretenir l'impulsion avec des rênes flottantes, obtenir le rassembler, galoper à faux, en arrière, changer de pied au temps, quelles aides utiliser pour la pirouette, les appuyers au pas espagnol, le passage. Il était très important aussi de chanter dans la tête pour accompagner les mouvements du cheval à cadence. Étienne conseillait au capitaine Bernard de se laisser conduire par l'air de *Quand les beaux pompiers vont à l'exercice* à l'instant du piaffer, par *Madelon* pour allonger le passage, et trouvait à certains chants d'église, le *Stabat Mater* ou l'*Ave Maria*, des effets étonnants. « Tu vois, mon vieil ami, que je te donne absolument tout ce que je peux, sans réticence, sans fausse honte ni amour-propre ridicule ni vanité mal placée, avec la seule pensée et le grand désir de t'être agréable et de t'aider de toutes mes pauvres forces à monter et à aimer Vallerine comme elle le mérite. »

Craignant que sa longue lettre fût prise pour un commandement ou l'expression d'une vanité excessive, Étienne avait pris soin d'émailler son propos de nombreuses sentences empruntées aux grands maîtres, qui confirmaient ses propres certitudes. Il en appelait ainsi au général L'Hotte, à Lubersac, à Faverot de Kerbrech, et à James Fillis. Mais sa morale n'appartenait qu'à lui, écuyer vieillissant déjà comblé par la félicité qu'allait connaître, à Paris, l'héritier de Vallerine : « Promenades dans les plus jolis sites à l'air si pur de l'aurore, vitesse, sauts, chasse à courre, succès en public, tout cela amène peut-être plus d'excitation, d'enthousiasme, mais rien n'égale le charme réel, complet, pur de tout sentiment étranger à l'équitation, que la légèreté procure. C'est le charme suprême auquel rien ne saurait être comparé. Tu l'éprouveras, mon cher ami, avec Vallerine, quand tu la monteras sans main ni jambes, et ce sera alors que tu désireras être seul dans ton manège; monter pour toi et pas pour les autres, même si tu devais les éblouir. Lorsqu'elle sera légère en travaillant en public, tu ne te soucieras plus des admirateurs. »

À l'aube du 11 mai, Étienne s'extirpa de sa chaise roulante pour monter Vallerine une dernière fois. Il n'avait pas dormi. Il était partagé entre l'hébétude et l'exaltation. L'air était laiteux, sucré, indulgent. René, levé plus tôt encore, avait pansé de près et sellé la jument, laissant à son maître le soin de lui mettre le filet, de glisser délicatement le mors avec la main droite tandis que la gauche exerce, afin d'ouvrir la bouche, une légère pression aux commissures molles des lèvres roses. René apporta un tabouret pour aider Étienne, dont tout le corps craquait et se fissurait, à se hisser sur le dos de Vallerine. Impériale et sage, elle ne bougea pas au montoir. Le couple s'ébranla au pas. On aurait dit Rossinante conduisant Don Quichotte au pays des illusions.

Arrivé dans la carrière, Étienne croisa les étrivières sur l'encolure. Pendant plus d'une heure, les jambes tombant naturellement, les pieds à l'horizontale posés sur des étriers invisibles, les épaules en arrière, le buste si droit qu'il semblait être collé à la selle, les mains posées sur des rênes qui n'en étaient plus tellement elles dansaient, Étienne déroula une reprise inspirée à laquelle, ce matin-là, Vallerine offrit un supplément d'allégresse. Tous deux se disaient adieu dans la légèreté. La jument semblait s'amuser ; l'écuyer paraissait ne pas souffrir. Le chagrin lui donnait du génie. Coiffé de son vieux képi galonné du 5e chasseurs d'Afrique, que le temps avait un peu chiffonné, il chantonnait des airs inédits, des mélopées marocaines, des prières du désert, que rythmait le tam-tam des étriers sur les petits quartiers. Au galop assis, ils s'épousèrent. Étienne ferma les yeux. Vallerine céda, onctueuse et chaloupée. Ils ne faisaient qu'un. Pour René Coumet, qui les observait en dodelinant de la tête, l'extase sembla durer une éternité.

Lorsque, en soufflant, Beudant mit finalement pied à terre, il caressa l'encolure de Vallerine et lui murmura à l'oreille : « Je te remercie de toi. » Il donna les rênes à René et, en boitillant, alla s'allonger sur son lit sans se retourner.

8

Dax, 30 octobre 1935

Un jour où il broyait des idées noires, Lyautey lui avait dit, en tirant nerveusement sur sa cigarette au jardin des Oudaïas :

— Au fond, j'ai raté ma vie.

— Mais le Maroc ?

— Oh, le Maroc n'a été qu'une province de mon rêve.

Il avait ensuite confié à Étienne son souhait d'être enseveli en terre d'Islam.

— Surtout pas en France, les morts y ont trop froid, et puis, voyez-vous, Beudant, je n'y suis plus chez moi. Depuis que les Boches ont brûlé, en août 1914, notre château familial de Crévic et assassiné cinq de nos paysans, je suis devenu un étranger, une momie vivante.

Il avait même choisi la colline, au-dessus de Rabat, où il voulait être enterré.

— C'est tout ce que je demande au Maroc : un lopin de sable pour mes restes.

Les vœux du maréchal de l'Islam venaient donc d'être exaucés. Le 27 octobre, sa dépouille avait quitté Marseille à bord du croiseur *Dupleix*. Convoyé par les contre-torpilleurs *Vautour* et *Verdun*, escorté par des navires italien, espagnol, britannique, et survolé par une formation triangulaire de goélands, il avait traversé la Méditerranée jusqu'à Tanger. Des spahis avaient ensuite porté le cercueil de l'« Africain » dans le mausolée carré, très simple, couvert de tuiles vertes, qu'il avait demandé, en 1932, au chef du service des beaux-arts de la Résidence de lui édifier, tout près de la nécropole mérinide de Chellah, sous le brûlant soleil chérifien.

Seul dans sa maison des Landes, Étienne enviait le sort posthume de son chef. Lui aussi aurait rêvé d'être inhumé au Maroc ou en Algérie, dans la patrie des barbes. Mais il lui eût fallu un destin et la gloire. Et il n'avait été qu'un petit capitaine, sans autre ambition que celle, dérisoire, de rendre ses chevaux plus fiers. Le cimetière de Dax, aux dépendances étriquées, serait donc sa dernière demeure. Sa mort à lui ne ferait guère de bruit. Elle aurait du moins l'avantage de ne pas susciter l'affliction feinte des hypocrites, de ne pas attirer des nuées bourdonnantes de stratèges endeuillés.

Jour après jour, découpant les articles dans la presse, Étienne avait suivi les funérailles d'Hubert

Lyautey depuis le 27 juillet 1934, date à laquelle, à soixante-dix-neuf ans, il avait poussé son dernier soupir. Il avait vu la photo du cercueil veillé, dans la chapelle des ducs de Lorraine, à l'église des Cordeliers de Nancy, par des soldats, des scouts et des Croix-de-Feu. Il avait été impressionné par les obsèques à Nancy, presque plus royales que nationales, et par le long cortège que conduisait le président de la République Albert Lebrun, le président du Conseil Gaston Doumergue, et le maréchal Pétain, ministre de la Guerre, que Lyautey, dans un moment de colère, avait traité de « vilaine » un jour d'exaspération.

Oh, tous ces drapeaux, ces bicornes, ces uniformes chamarrés, ces hauts-de-forme, ces mines contrites sous les barbes blanches et ces discours ronflants où les plus hauts représentants de l'État honoraient un homme qu'ils n'avaient jamais aimé, jamais compris, un monarchiste orgueilleux qu'ils avaient toujours craint, un catholique du Nord qui avait osé proclamer que « la France se doit d'être une grande puissance musulmane », un mort encombrant dont ils devraient encore porter le deuil pendant quinze interminables mois, avant de le rendre, puisque telle était sa volonté, au Maroc, son lointain et paradoxal empire de sable.

Chaque fois qu'Étienne avait eu la chance de s'entretenir avec lui en tête à tête, notamment au cours de la grande exposition de produits d'importation et d'exportation de Casablanca, en septembre 1915, et pendant la fête de l'Aïd' el-Kébir, à Fès, en octobre 1916, Lyautey s'était empressé d'expédier les affaires courantes, qui lui pesaient, et la chose militaire, qui l'ennuyait, pour parler de ce qui lui tenait le plus à cœur : les chevaux, les livres, l'Afrique.

Étienne, son cadet de dix ans, était tombé aussitôt sous le charme de ce grand soldat sec, guindé, précieux, anticonformiste, réfractaire à la hiérarchie, passionné par la vie et les textes incandescents d'Isabelle Eberhardt, cachant sous une moustache en bataille sa mâchoire autrefois fracassée par un coup de pied de cheval, aussi prompt à s'exalter qu'à sombrer dans une inexplicable mélancolie, elle-même accompagnée de brèves phases de dépression. S'installait alors entre les deux hommes un silence qu'Étienne n'osait pas briser. Et puis Lyautey se ressaisissait, serrait sa cravate noire, lançait une boutade d'une voix pointue, montrait au jeune Beudant les dessins à l'encre de Chine et les aquarelles tendres qu'il venait de réaliser, ou l'interrogeait sur la meilleure manière d'amener un cheval au rassembler.

Malgré tout ce qui les séparait, les origines sociales, la hiérarchie militaire, le tempérament, ils avaient beaucoup en commun et s'en vantaient, lorsqu'ils se retrouvaient.

— En vous et moi, lui avait dit Lyautey en aparté, dans un salon du palais de Bou-Jeloud où se pressaient pachas et vizirs, il y a plus d'âme arabe que d'esprit colon. On doit sans doute cela aux chevaux. Ils nous ont appris à n'être jamais arrogant ni méprisant. J'en ai pour ma part tiré une théorie, que Paris juge révoltante et fantasque, sur l'avenir de nos colonies. Il faut les aider à se développer et confier progressivement le pouvoir aux indigènes afin de leur permettre d'accéder un jour à l'indépendance. J'ai travaillé dans ce sens au Tonkin et à Madagascar. C'est encore plus simple au Maroc qu'en Algérie : ma fonction de protecteur consiste à empêcher les Européens d'étouffer la culture musulmane, à leur interdire de mettre les pieds dans les mosquées, à maintenir les logements coloniaux à la périphérie des médinas, à restaurer l'autorité politique et religieuse du sultan tout en redonnant confiance aux élites du pays.

— En somme, avait ajouté Étienne en souriant, c'est comme la bonne équitation : il faut rendre les rênes et, plutôt que d'user de la force, enseigner au cheval à se tenir tout seul, à compter sans son cavalier, à être libre, même monté. En avant, calme et droit...

Le jeune capitaine du 3e chasseurs d'Afrique avait eu le privilège d'accompagner son général de division lors d'une visite au sultan Moulay Youssef à l'occasion de l'Aïd' el-Kébir. Il n'avait pas oublié l'éclat et le protocole de l'entrevue. Revêtu de sa tenue claire ornée du grand cordon de l'Ouissam alaouite sur laquelle brillaient la plaque de la Légion d'honneur et la médaille du mérite militaire chérifien, Lyautey montait fort bien, en double bride, un pur-sang alezan. Il était précédé par un peloton de spahis au port de lances à flammes blanches et rouges et suivi par trois officiers, chacun tenant un fanion : celui du résident général de la République française, celui du commandant en chef et celui, qui avait échu à Beudant, flatté d'avoir été désigné, de ministre du sultan. Au galop, la petite troupe était allée à la rencontre de la garde noire du souverain marocain, devant lequel, après avoir pénétré dans la salle du trône, Lyautey s'était incliné avec une ferveur et une sincérité de légitimiste. Commença alors la cérémonie marquant avec faste la fin des jeûnes du Ramadan.

En sortant ce jour-là du palais, tandis que le détachement rentrait au quartier, Lyautey avait demandé à Beudant de l'accompagner pour, disait-il, « détendre nos chevaux ». Ils avaient trotté botte à botte jusqu'au coucher du soleil. La promenade bien rythmée inclinait à la confidence.

— C'est le général L'Hotte, dont j'ai été pendant quatre années l'aide de camp à Commercy, qui m'a autrefois initié à l'art équestre. Je lui dois mon assiette. Elle m'a avantagé au 4e chasseurs et au 12e hussards. Mais il me manque, pour être un bon cavalier, une vertu essentielle : la patience. Je suis trop nerveux, trop agité, trop tourmenté. Comme vous, j'aimerais pouvoir prendre mon temps, mais je suis toujours rattrapé par mes soucis, mes inquiétudes, et ça, les chevaux ne me le pardonnent pas. Ils ont besoin d'égards, et je n'en ai pas. Je suis avec les chevaux comme avec Dieu : je n'aspire qu'à les aimer, mais je n'arrive pas à le faire par gratitude. Comment parvenez-vous, Beudant, à être si sage? C'est quoi, votre secret?

— Rien de plus simple, mon général. Il suffit d'être humble, de s'oublier et de tout donner au cheval. Il vous le rend au centuple. Mais si on se préfère, on fanfaronne, on se raidit, et le cheval vous résiste. Car il déteste les vaniteux. À ce combat, c'est toujours le cavalier, si respectable et médaillé soit-il, qui perd.

Avec le recul, Étienne mesurait combien sa réponse avait été irrespectueuse.

Mais Lyautey l'avait bien pris. Il goûtait la franchise de Beudant; il la réclamait parfois. Car il le savait incapable de mentir et inapte à l'obséquiosité. Il ne supportait plus les flatteries de tous les courtisans, militaires et colons mêlés, qui voulaient de l'avancement et des apanages. Il prétendait que seule compte la parole des écuyers.

— Ils sont sincères avec les hommes parce qu'ils ne trichent pas avec leurs chevaux. C'est la raison pour laquelle votre compagnie, Beudant, m'est si précieuse. Je vous le dis aujourd'hui, et je ne le répéterai plus : il m'arrive de vous regarder comme on fixe un miroir. Je me juge dans vos yeux. Parfois, ils me renvoient une méchante image de moi...

Étienne avait eu une dernière occasion de mesurer le pouvoir qu'il avait d'inciter l'impénétrable Lyautey aux aveux. C'était une fin d'après-midi, étonnamment douce, de novembre 1916. Dans un télégramme, Aristide Briand venait de proposer au général le portefeuille de la Guerre. Après l'effroyable bataille de la Somme, le conflit s'enlisait. Le président voulait, à ses côtés, un ministre qui eût du prestige et les mains propres. Lyautey avait accepté à contrecœur. Il savait qu'il n'avait pas le choix, qu'il avait tout à perdre et rien à gagner. Il craignait d'être non pas le tacticien d'une improbable victoire, mais le comptable de millions de morts. Surtout, il ne se faisait pas à l'idée d'abandonner *son* Maroc, où l'on avait encore besoin de lui. Il se méfiait de celui qui lui succéderait, inverserait sans doute sa politique en servant les intérêts des colons et en ignorant l'âme musulmane. Et puis, ce ne serait sans doute pas un cavalier comme lui. On ne préside pas aux destinées du Maroc si l'on ne sait pas monter, pensait Lyautey.

Avant de gagner Paris, il était allé se réfugier quelques jours à Essaouira, sur la côte atlantique, et avait prié Beudant de le rejoindre. L'air était très iodé, et la lumière presque vendéenne. De fins nuages blancs striaient un ciel turquoise. À la terrasse du Café de France, à l'ombre des araucarias, les deux militaires avaient longuement parlé en buvant du thé à la menthe. De l'Europe à feu et à sang, qui ne se relèverait peut-être jamais de cette boucherie médiévale. Du Maroc, où il y avait encore tant à faire pour pouvoir, un jour, le quitter la tête haute, et sans remords. De Dieu, dont ils ne savaient pas vraiment quoi penser. De leurs vies parallèles, que tout opposait, mais qui étaient condamnées à la même solitude.

Et puis Lyautey, qui ouvrait un nouveau paquet de cigarettes, avait fini par se livrer tout à fait. Sans qu'Étienne le lui demande, il avait fait l'éloge de sa femme, Inès de Bourgoing.

— Il y a sept ans, je me suis marié avec elle par commodité et pour les convenances. Elle connaissait la chanson. Elle avait épousé en premières noces un capitaine d'artillerie. Et moi, je ne pouvais plus rester célibataire. Ça jasait à Paris. Les bruits me revenaient. On me prêtait, et ne dites pas, Beudant, que vous ignorez ces rumeurs, des penchants pour les jolis lieutenants et les spahis musclés. C'est vrai que je ne les déteste pas lorsqu'ils ont de l'allure, la peau lisse, des bras de gymnaste, des pantalons serrés et autant d'aplomb que de timidité. Ils me rappellent ma jeunesse. Voyez-vous, les colonies ont, sur la métropole, le grand avantage d'offrir, aux amours libres, un paysage édénique, un peu enfantin. Et je ne suis pas un ange. Mais enfin, je suis catholique, j'ai un rang à tenir et une carrière à mener jusqu'à son terme. Le mariage est un abri. Il protège des pluies de feu. Il m'oblige à tempérer mes ardeurs. Inès comprend cela très bien. Je ne lui ai jamais menti. Elle ne m'a jamais rêvé. Nous nous sommes mariés sous le régime diplomatique de l'entente cordiale. Aujourd'hui, la chère petite est mon paratonnerre et mon meilleur collaborateur. Et vous, Beudant, où en êtes-vous de ce côté-là ?

— Oh, moi, mon général... J'ai épousé une femme qui ne m'aime pas mais que ma présence rassure. Et j'aime trop les femmes pour n'en aimer qu'une seule. Je ne sais pas m'attacher. Je ne suis pas arrangeant non plus, pas facile à vivre. Ce que mon cœur et mon corps sont prêts à donner, les chevaux me le prennent. C'est fou ce qu'ils sont demandeurs. Si on les néglige, ils vous traitent mal. Vous savez cela, vous aussi. Le soir, forcément, il ne reste plus grand-chose et c'est alors que ma femme me reproche de sentir l'écurie et d'avoir les mollets trop musclés. Il paraît que c'est vulgaire. Elle me préférerait avachi dans un bureau lambrissé de votre prochain ministère de la Guerre, à Paris. On habiterait le faubourg Saint-Germain ou la Plaine Monceau. On boirait du veuve-clicquot et du cheval-blanc. Elle ne parle que de ça. Et moi, je n'aspire qu'à monter, sur des terrains rocailleux, des chevaux près du sang dont la seule valeur tient à l'amour qu'on leur porte. Voilà la vérité, mon général. Mais je ne me plains pas.

Notre couple tient le coup. Et ma femme attend un enfant, pour le printemps prochain...

Lyautey et Beudant s'étaient levés, en même temps que le vent marin. Des odeurs de viande grillée montaient de la médina et se mêlaient au puissant parfum des algues, à marée basse. Les deux hommes avaient marché jusqu'à la nuit sur les remparts de la ville blanche aux portes bleues. De grosses mouettes guettaient, sur le fût rouillé des canons, le retour des chalutiers chargés de loups et de pageots.

— On se croirait à Saint-Malo, mais un Saint-Malo africain, lâcha Beudant.

— Rien d'étonnant, c'est un disciple de Vauban qui a dessiné les plans de Mogador. L'Histoire, voyez-vous, a toujours le dernier mot. Notez bien ça, Beudant, je vous prie.

9

Dax, septembre 1936

Durant tout l'été, Étienne avait eu le sentiment étrange de rajeunir. Chaque jour lui apportait, descendues du Nord avec leurs vélos, leurs tandems et leurs sacs de couchage, des cohortes de jeunes citadins de tous âges que les congés payés avaient jetés sur les routes des Landes. Ils sentaient la sueur chaude et la praline brûlante. Attirés par les chevaux folâtrant au paddock, ils venaient souvent visiter le vieil écuyer, l'assaillant de questions naïves et généreuses.

Il se prêtait volontiers au jeu même si, avec un pincement au cœur, il pensait à son fils unique, qu'il n'avait pas revu depuis treize ans et dont il n'avait plus de nouvelles. Les lettres qu'il avait envoyées à sa femme ne lui avaient valu, en retour, que des courriers lapidaires le priant d'envoyer de l'argent avec davantage de régularité et quelques formules méprisantes sur sa « stupide et ruineuse passion de paysan pour les canassons ». Il ne répondait plus aux attaques. Il avait passé l'âge de se battre. Mais il se laissait encore gagner par les regrets, et quelques remords. Il aurait tant aimé apprendre à son fils à monter. Il aurait tant aimé lui transmettre sa science et sa ferveur, se prolonger. Il aurait tant aimé ne pas vieillir seul, impotent, plein d'un passé inutile, ne parlant qu'à lui-même, sans cesse guetté par l'effroi de la décrépitude et l'aigreur des mal-aimés.

En voyant débouler dans les écuries ces filles et ces garçons bouclés aux yeux brillants qui rêvaient de galoper dans la forêt, il avait repris espoir. Dans la sellerie, arc-bouté sur des attelles en bois, il leur avait détaillé l'usage des rênes et du mors, avait démonté pour eux la muserolle et les montants d'un filet, montré comment présenter à plat une gourmette de bride afin de bien comprimer, ni trop fort ni trop doucement, la barbe du cheval. Dans le box du frison, il avait improvisé, de la tête aux fesses, des épaules aux hanches, un cours d'anatomie et d'éthologie, défini la loi des aplombs, indiqué, d'une main tremblante, ce qu'était un cheval brassicourt, ou serré du devant, ou panard, ou campé du derrière, ou bouleté, à quelles lignes exactes on reconnaissait un antérieur bas-jointé, un postérieur cagneux, un genou de bœuf. Dans son salon, dont les adolescents découvraient avec stupéfaction le mobilier marocain, il avait sorti pour eux de vieux livres reliés, les avait ouverts aux pages où étaient reproduites des gravures de l'école de Versailles, leur avait expliqué le travail aux piliers et aux longues rênes, la différence entre la levade et la croupade, le passage et le piaffer. Et puis, des photographies plein les mains, il leur avait raconté Vallerine comme si c'était l'irréductible et susceptible héroïne d'un roman d'aventures.

— Dites, monsieur, on peut la voir, cette *ballerine* ?

— Eh non, mes enfants, elle n'est plus là, malheureusement, mais quand vous rentrerez à Paris, allez au manège Pellier, demandez de ma part le capitaine Bernard, un homme charmant vous verrez, et priez-le de vous présenter Vallerine. Elle doit être encore plus belle que sur ces mauvaises photos. Et vous comprendrez pourquoi elle me manque tant. Vous la caresserez en pensant à moi, c'est promis ?

Ils étaient fascinés par les mots étranges, si anciens et si neufs à la fois, dont Beudant usait au milieu des cuirs dorés et des métaux étincelants, par ses gestes qui étaient à la fois d'un prêtre à l'instant de l'eucharistie et d'un amant après l'amour, par le cœur, l'intelligence, la délicatesse, les inquiétudes et surtout la phénoménale mémoire que le vieil homme attribuait à ses chevaux. Ils auraient voulu déjà éprouver, en montant, un peu de son ivresse, mais c'était encore trop tôt.

— Soyez patients, c'est un immense bonheur qui se mérite.

Lui qui avait eu vingt ans sous la présidence de Jules Grévy n'avait pas le souvenir de s'être jamais distrait ni même d'avoir été jeune, c'est-à-dire insoucieux. Toute sa vie, il avait ignoré, avant du moins que la maladie ne l'immobilise, l'idée même de loisirs. Il découvrait avec une stupéfaction amusée qu'on pût désormais réglementer le bien-être, codifier le plaisir, décréter le droit de profiter de la vie, de se dépenser, de s'aimer un peu. Car ses seules vacances, Étienne les avait connues en selle, quand il était *dans* le cheval. Ces moments d'extase lui faisaient alors oublier son uniforme, ses galons, ses ordres de mission, ses soucis, sa vie sentimentale en capilotade, et même son époque. Monter, c'était s'évader, franchir les frontières et les siècles, ne rien respecter d'autre que l'animal triomphant et mystérieux dont il était à la fois le maître et l'esclave.

Si le militaire, qu'il demeurait dans l'âme, avait jugé d'un mauvais œil, au printemps, les grèves des ouvriers, les occupations d'usines et les manifestations qui avaient paralysé le pays, le cavalier, partisan idéaliste d'une chevalerie populaire, avait applaudi l'annonce, faite le 5 juin à la T.S.F. par le nouveau président du Conseil Léon Blum, de fixer à quarante heures la semaine de travail, de généraliser les conventions collectives et d'instaurer les congés payés. Il eût volontiers ajouté au nouvel ordre républicain la démocratisation de l'équitation et, dès le plus jeune âge, l'initiation à ce sport qui apprenait à contenir en douceur une puissance d'au moins cinq cents kilos et à toujours user, avec un être vivant, d'une force équitable, humble et contrariée.

À la fin de l'été, rendu à la solitude après le départ des derniers congés payés, il s'était mis à écrire pour repousser l'ennui et prolonger les histoires qui avaient conquis ses jeunes visiteurs aux joues roses et rondes. Au début, l'exercice l'intimidait. Il craignait de ne pas trouver les mots. Il avait peur de ne pas respecter la grammaire. Il se méfiait des sentiments qui attendrissent les idées et des métaphores qui embellissent la réalité. Et puis, peu à peu, il avait compris comment, sur le papier, accorder ses aides. Finalement, se disait-il, l'écriture n'est pas si différente de l'équitation. C'est une activité monacale, intérieure et assise, où le corps ne doit pas bouger afin que l'esprit transmette à la phrase, ce cheval de papier, le mouvement en avant et commande à d'innombrables figures de style.

Lorsqu'il était content d'une page, Étienne, se relisant, murmurait : « C'est cela, c'est juste », de la même manière que, pour remercier autrefois Mabrouk ou Robersart de lui avoir donné un piaffer brillant ou un trot en extension, il les gratifiait d'un « c'est cela, c'est juste » pareillement ému.

Écrire, comme monter, c'était travailler beaucoup après que la nuit a tombé, s'enflammer, perdre confiance, se plaire, douter, être très seul, se contenter de peu, s'endormir dans sa sueur et, au matin, lorsque la page tient enfin debout, presque toute seule, cacher qu'on a beaucoup travaillé, pousser même l'élégance jusqu'à laisser accroire qu'on a cédé à la facilité.

Étienne voulait des phrases simples qui ressemblent à des attitudes exactes. Elles devaient être, selon lui, maigres, sèches et droites. En noircissant ses cahiers, il avait également pris l'habitude de leur prêter des allures. Certaines étaient galopantes, d'autres au trot, d'autres encore au pas. Il se promenait sur du papier quadrillé. Il prenait l'air à l'intérieur.

Pourvu que jamais l'émotion, qui l'étreignait souvent mais dont il se protégeait toujours, ne l'emporte sur la rigueur de l'analyse, il mêlait tout, dans ses premiers écrits : des souvenirs, des conseils, des théories, des expériences. Il hésitait entre le traité et l'autobiographie, entre la troisième et la première personne. Il ne savait pas s'il s'adressait à ses pairs ou à des néophytes. Il n'avait qu'un petit espoir, celui de laisser désormais une trace visible de l'art éphémère auquel il avait consacré son existence, et une grande satisfaction, celle d'élever, à tous les chevaux disparus qu'il avait glorifiés, une stèle en vélin. Ainsi, n'aurait-il pas vécu en vain, n'aurait-il pas seulement monté pour lui.

C'était de l'Afrique du Nord qu'il voulait d'abord

se souvenir; c'était elle qu'il regrettait le plus; et c'était afin d'augmenter, de quelques illusions, de quelques mirages, la vingtaine d'années qu'il avait données à l'Algérie et au Maroc qu'il s'astreignait à écrire. Avant n'avait jamais existé. Après avait commencé le long supplice. Entre les deux, malgré les escarmouches, les conflits locaux, les expéditions à haut risque et la stricte observance du régime militaire, il avait connu le paradis. Il n'en avait oublié ni l'aride géographie ni l'austère calendrier.

Il se souvenait que, chaque matin, il se levait avant qu'apparaisse le soleil, pour être en selle avec les premières et timides lueurs. Il montait au moins cinq chevaux par jour dans les carrières de fortune de soixante mètres sur vingt que, partout où il avait été affecté, ses hommes avaient préalablement dessinées à la craie et bordées de grosses pierres blanches, au milieu des dattiers inclinés et des champs d'oliviers vert-de-gris. Les dix-sept lettres avec lesquelles s'écrit une reprise, qui scandent les carrousels, bornent les voltes, rythment les diagonales, d'où partent les appuyers, vers lesquelles glissent les cessions à la jambe, ne lui étaient même pas nécessaires. Depuis qu'il avait fait, à Saumur, son premier concours de dressage, il connaissait par cœur les initiales codées de ce sabir universel, les intrigantes majuscules de cet alphabet incomplet composé, pour les seuls initiés, de douze lettres latérales et de cinq virtuelles, *G*, *I*, *X*, *L*, *D*, que le cavalier disposait sur l'invisible ligne médiane. Pour Étienne, cela ressemblait à un poème indéchiffrable. Il en aimait la musique secrète et la grammaire paradoxale.

Lorsqu'il entrait en *A*, marchait vers le *X* central et rejoignait le *C* d'un jury imaginaire, il était seul dans le jour naissant, si froid l'hiver, si étouffant et parfumé l'été. Convaincu que le préparer est le secret de la réussite, il commençait toujours par le travail à pied. Une cravache à la main, il se plaçait devant le cheval, le regardait tendrement dans les yeux, élevait sa tête avec chaque rêne du filet, marchait ensuite à ses côtés, le faisait reculer droit, lui demandait une demi-pirouette renversée et, troquant la cravache pour la chambrière, parvenait au rassembler. Le cheval était désormais décontracté, il pouvait répondre à n'importe quelle action exercée avec intelligence. Après quoi, seulement, il s'autorisait à monter afin de répéter, aux trois allures, les mêmes exercices. Il se laissait alors bercer par le tambour des sabots sur la terre ocre, le crissement régulier du cuir de selle et le joli cliquètement du mors dans la bouche assouplie. Il jugeait que le petit matin est le privilège exclusif des écuyers qui obtiennent avec grâce ce qu'ils ont demandé avec délicatesse. C'était, dans un air laiteux et sous un ciel rosé, l'heure miraculeuse du consentement.

Il mettait pied à terre à l'instant précis où le clairon sonnait le réveil de la troupe. Avec la levée des couleurs, une autre journée commençait pour le capitaine Beudant. Et pour ses chevaux qui, après les sortilèges de la haute école, devaient affronter les rigueurs de l'extérieur, parcourir les passages les plus ardus sans butter ni tomber, trouver leur équilibre naturel en grimpant comme en descendant, sauter des murets, se jouer d'un fossé, garder le même rythme sur les chemins caillouteux et dans le sable mou.

C'est en Afrique du Nord qu'Étienne avait eu cette révélation : un bon cheval n'est pas celui qui brille sur un rectangle de dressage et ressemble à une gravure du siècle de Louis XIV. Ce n'est pas non plus celui qui est assez endurant pour galoper pendant des heures dans les montagnes ou le désert. Un bon cheval, c'est celui qui est justement les deux à la fois, un artiste et un sportif, qui s'adapte aussi bien à la verticalité de la haute école qu'à l'horizontalité des extérieurs, dont on entretient les muscles et respecte le mental : « Il se rapproche alors de l'idéal puisque, selon la volonté de son maître, il se rassemble ou bien il marche, court et saute comme l'animal en liberté. »

Un matin où il s'apprêtait à poursuivre le récit nostalgique de ses aventures africaines, Étienne reçut au courrier, augmenté d'une dédicace révérencieuse, l'ouvrage que le lieutenant Licart, un homme hautain et minéral croisé autrefois lors d'un concours hippique à Oran et qui avait servi au

7e spahis, avait fait paraître en 1930 aux Éditions Berger-Levrault, *Le Cheval barbe et son redressage*. Délaissant son méticuleux programme d'écriture, il se plongea dans la lecture de ce traité avec l'idée d'y trouver les traces de ses propres souvenirs. Il en sortit, trois heures plus tard, dans une colère noire. « Quel con, ce lieutenant, mais quel petit con ! »

Ce n'était pas la méthode contestable de cet officier qui le révulsait, c'était son idéologie. Licart s'employait en effet à démontrer que, contrairement à la légende qui s'y attache, le cavalier arabe ne sait pas monter et que le spahi indigène ne doit ses connaissances équestres qu'à l'instruction des Français de métropole, qu'au génie des conquérants, somme toute. À chaque page, pleine de morgue, Licart expliquait que l'Arabe en piquait pour les riches harnachements mais qu'il était incapable de graisser sa selle, qu'il ne savait ni nourrir ni panser son cheval, qu'il le frappait au lieu de le caresser, lui « labourait les flancs » avec des éperons pointus et des étriers tranchants, lui ouvrait la bouche à l'aide d'un mors « barbare », parfois même un mors de mulet, le surmenait, l'utilisait encore bien qu'il fût « boiteux, blessé, malade, et même mourant », n'avait donc pour lui ni égards ni pitié. Sous la main de l'Arabe, et dans ses jambes, le cheval le mieux dressé devenait rétif en moins de quinze jours. Étienne fulminait, soulignant au crayon d'un trait rageur les phrases les plus fausses et les plus offensantes. Était-ce tout? Non, il fallait encore compter avec la croyance au surnaturel : « Dominé par son égoïsme féroce et son esprit superstitieux, l'Arabe attribue aux robes et aux épis une influence directe sur sa propre destinée. » Ainsi, parmi tant d'exemples, l'alezan serait pur et gage de félicité, tandis que le noir porterait malheur.

Pour ajouter à sa condamnation de ces bourreaux obscurantistes, Licart plaçait dans son livre, en guise de pièces à conviction, des photographies de chevaux grimaçants, à la retourne, nez au vent, encapuchonnés, tordus et déformés. « Dans les fêtes comme dans les fantasias, écrivait-il, les Arabes se soucient peu de malmener et de martyriser leurs chevaux; ce qu'ils cherchent avant tout, c'est d'être admirés, remarqués. À coups de mors, ils font cabrer leurs chevaux, les saignent pour qu'ils paraissent fougueux, les font bondir, ruer à grand renfort de coups de sonnette et d'éperons, dans l'unique but d'attirer sur eux l'attention des femmes qui poussent, pour les exciter davantage, de gutturaux youyous. » Oh! ces gutturaux youyous, comme il écrivait cela, le fanfaron imbécile. En conclusion, le lieutenant Licart préconisait de réviser à la baisse le fameux *Manuel à l'usage des gradés des régiments de spahis*, apte selon lui à former des incapables, et d'enlever sans tarder le mors arabe, véritable « instrument de torture », des mains de l'indigène, « inhabile à s'en servir » — c'était comme laisser un enfant jouer avec un revolver chargé —, et lui ordonner d'user d'un « mors réglementaire français ». Car, « au lieu de demander davantage aux indigènes, il faut leur demander moins et simplifier encore notre équitation élémentaire pour la mettre *à leur portée* ».

La dernière page tournée, Étienne commença à écrire une lettre dans laquelle il traitait Licart d'« arabophobe » et de menteur, l'accusait de jeter le discrédit sur la cavalerie marocaine et algérienne, et puis il renonça et déchira son brouillon. Licart, dont le régiment était désormais stationné à Tarbes, ne méritait même pas d'être contesté ; il convenait, sur cette question, d'être traité par le mépris, c'est-à-dire oublié.

La colère passée, Étienne ferma les yeux au fond de son fauteuil et se laissa gagner par la mélancolie. Comme en rêve, les images précises et colorées d'autrefois défilèrent dans sa tête. Des garçons maigres à la peau caramel montaient à cru et pieds nus des barbes pelucheux, galopaient sur les plages de sable blond avec un équilibre parfait, nageaient avec eux dans l'eau claire de l'Atlantique ou de la Méditerranée, dormaient la nuit contre leurs flancs rebondis dans la chaleur d'un feu de bois, virevoltaient au milieu des palmiers, escaladaient des montagnes rugueuses, traversaient, couchés sur l'encolure, d'implacables, de brûlants déserts, les désaltéraient dans les oasis, leur trouvaient de l'herbe même quand il n'y avait pas d'herbe, les pansaient avec des gestes amoureux, les tutoyaient, les câlinaient, et leur donnaient ce qu'ils rendaient au centuple. C'était l'éclatante jeunesse d'un peuple cavalier pour qui le cheval était un frère, un père, un complice, un dieu. À son contact, Étienne avait plus appris que dans la compagnie de tous les Licart bornés, coincés, vaniteux, que la métropole avait envoyés pour briser cette entente naturelle qui défiait les siècles et se moquait de la prétendue civilisation. Il s'endormit, rasséréné, dans un parfum de miel, de citron pressé et de laurier-rose au zénith.

10

Dax, avril 1938

Il n'avait jamais oublié le jour où, pour la première fois, il avait vu Driss, et plus exactement l'étonnante, la dégingandée, l'affectionnée monture de Driss. C'était en 1916, dans un faubourg animé de Casablanca où Étienne montait un bel entier gris pommelé, Nethou II, afin de lui apprendre à ne pas chauffer pour des peccadilles, à garder son sang-froid au milieu de la foule bigarrée, des interjections et des cris de liesse.

Le général Henrys, commandant en chef des troupes au Maroc, lui avait confié, trois mois plus tôt, le délicat dressage de cet anglo-arabe de six ans, originaire de Gayan, dans les Hautes-Pyrénées, où il avait gagné onze mille francs aux courses, et que l'état-major avait finalement envoyé comme étalon aux haras chérifiens. Nethou II avait la raideur, la brusquerie et la nervosité des jeunes chevaux dont on a abusé trop tôt sur les pistes des hippodromes. Il manquait d'encolure et avait les reins courts. Il ne savait galoper que sur les épaules. Il tenait du taureau têtu qui charge. Et se méfie des hommes. Quelques semaines avaient suffi à Étienne pour lui enseigner à reporter son poids sur l'arrière et à relever la nuque. Alors, Nethou II s'était arrondi, verticalisé, il avait compris qu'on peut avancer sans foncer. En guise de consécration, il avait donné un beau piaffer sans rênes et sans jambes. Dans le même temps, il sautait haut en s'allongeant sur les obstacles. Il ne lui manquait plus, pour devenir un parfait cheval d'armes et, pourquoi pas, la monture de tête du général Henrys, qu'à raisonner sa peur en extérieur, à s'aguerrir.

Étienne y travaillait, au pas, caressant Nethou II pour le féliciter de son équilibre et de son calme, lui murmurant des « tout doux, mon beau », lorsqu'il croisa deux garçons qui, en sens inverse, trottinaient à cru vers lui. Le plus jeune montait un ânon en amazone et l'aîné, un animal alezan qu'Étienne peinait, de loin, à distinguer. Quand les deux petits cavaliers arrivèrent à sa hauteur, il découvrit, avec stupéfaction, qu'il s'agissait d'une vache. Une vache maigre, au poil brillant, qui calait son allure sur celle de l'âne, et dont la tête carrée était tenue par un licol rudimentaire que prolongeaient deux rênes en grosse corde. L'adolescent, pieds nus, ses longues jambes brunes serrant les flancs de l'animal, pila net devant Étienne.

— Comment il s'appelle, ton cheval?

— Nethou, Nethou II. Et ta vache?

— Zebda. Elle te plaît, m'sieu?

— Oui, beaucoup. Elle m'étonne, surtout. Elle a l'air très obéissant. C'est toi qui l'a dressée?

— Je lui ai même appris à galoper. Elle n'est pas très confortable, mais elle est gentille et courageuse. Ce que je voudrais, m'sieu, c'est monter sur un cheval. Un cheval comme le tien...

— Viens me voir demain matin. À six heures pétantes. Présente-toi au quartier militaire, et demande le capitaine Beudant. Je t'attendrai.

— Moi, c'est Driss. J'y serai, promis.

Et il repartit au petit trot, côte à côte avec l'ânon, laissant Étienne à ses songeries amusées, épatées.

Driss avait quinze ans. Il était né à Fès, où son père travaillait alors dans un atelier de poterie qu'il avait quitté pour un poste mieux rémunéré de débardeur sur les docks de Casablanca. Parfois, Driss allait l'aider. De la soute des gros navires en provenance de France, il voyait descendre d'énormes cargaisons de marchandises, de mugissantes automobiles, du bétail affolé, et souvent des chevaux. Des chevaux de toutes sortes, de très lourds pour les labours, de puissants pour l'armée, de plus fins pour la reproduction, tous un peu étourdis par la traversée, qui empruntaient avec inquiétude la passerelle métallique, où leurs fers neufs résonnaient. Driss les attendait sur le quai avec un seau d'eau pour les rafraîchir, passait une éponge humide sur leur encolure, et les rendait à leurs propriétaires, qui les emmenaient, attelés ou montés, à Rabat, Tanger, Mekhnès, Marrakech et même jusqu'à Ouarzazate, dans l'Atlas. Driss les regardait partir avec envie.

Cette nuit-là, il ne dormit pas. Le soleil ne s'était pas levé qu'il faisait le pied de grue devant l'entrée du quartier. À six heures, un planton le conduisit aux écuries. Étienne l'attendait. Il n'avait pas menti.

— À cheval, mon garçon !

Driss se trouva aussitôt hissé, à cru, sur le dos d'un barbe gris.

— La prochaine fois, tu viendras avec un pantalon et des chaussures, c'est tout de même plus commode, et je te prêterai une selle, une vraie selle.

La première reprise fut impitoyable. Driss rebondissait, perdait son équilibre, tombait, remontait, tirait si fort sur les rênes que le cheval était à la retourne, basculait tantôt sur l'encolure, tantôt sur la croupe, tombait à nouveau, remontait en serrant les dents. Étienne donnait ses ordres d'une voix de chef, claironnante et sans appel, le traitait de tous les noms, mauviette, cloche, bon à rien, et jurait qu'il ne serait jamais cavalier. Driss ne bronchait pas, supportait les colères calculées de son professeur, s'accrochait.

Tous les jours, il reçut les leçons du capitaine. Il les appliqua à la lettre. Peu à peu, il se muscla et se raisonna. Il se grandit. Ses jambes se durcirent et ses poignets s'assouplirent. Son dos inclina vers l'arrière et ses yeux se levèrent. Il cessa de pousser le cheval sur le mors et donna du mou aux rênes. Il devint *tolérant*. Le jour où il comprit qu'il avait trouvé son point d'équilibre et découvrit qu'on pouvait être droit sur un cercle, il lança à Étienne :

— Ça y est, j'ai senti, m'sieu !

Ses progrès furent ensuite foudroyants. En deux mois, il tenait mieux en selle que la plupart des chasseurs du régiment. Il avait le tact naturel. Et même un peu de grâce. Il y ajouta du brillant. Étienne lui confia alors certains de ses chevaux comme on confie un secret à un ami. Lorsqu'il fut rappelé à Rabat, il demanda qu'on laissât Driss entrer à sa guise dans les écuries et monter, autant qu'il le voudrait, dans la carrière.

Les années passèrent. Ils ne se revirent plus. Quelques jours avant de quitter le Maroc pour s'installer à Dax, le capitaine Beudant présida un concours hippique à Rabat. La plupart des concurrents étaient des militaires. Dans la dernière série, un jeune Marocain prit le départ. Il fit un tour magnifique dans un galop rassemblé et tranquille, calcula ses foulées avec une précision de géomètre, sauta chaque obstacle avec une facilité déconcertante, reprenant son cheval avant les droits isolés, le propulsant au contraire sur les gros oxers, donnant toujours l'impression que, malgré les rênes tendues, il lui laissait une absolue liberté. Il signa un sans-faute impeccable, redoubla de vitesse et d'agilité au barrage, osa des options inédites, et gagna, haut la main. Lorsqu'il enleva sa bombe, à la remise des prix, Étienne reconnut Driss. Un grand sourire ému éclairait son visage.

— Êtes-vous fier de votre élève, mon capitaine?

Étienne le félicita et l'embrassa. Les gens se moquèrent.

Dans les années qui suivirent, ils s'écrivirent beaucoup. Driss intégra les spahis et fut vite élevé au grade de caporal, puis de sergent. À l'aube, perpétuant les principes de son maître, il montait seul son propre cheval. Le soir, il envoyait à Dax des lettres pleines de reconnaissance et de questions ardues. Étienne, dans ses réponses appliquées, l'enjoignait de se servir de la main sans les jambes et des jambes sans la main, à arrondir l'encolure, à décontracter les mâchoires, à rendre les épaules légères. « Surtout, agis toi-même le moins possible et laisse le plus possible le cheval agir de lui-même. Et n'oublie jamais que, pour être facilement compris, le langage des aides doit être simple. Tu apprendras davantage, mon cher Driss, en observant pendant des heures un cheval se déplacer au paddock qu'en regardant monter les meilleurs de tes camarades. Ce sont les lois de la nature qui nous gouvernent et nous régissent. »

Driss avait vu un jour Étienne effectuer, à Casablanca, un somptueux galop arrière. La scène l'avait tellement marqué qu'il écrivit un jour à l'apologiste de la douceur afin d'obtenir le secret de cette mystérieuse et fascinante figure. De Dax, la réponse arriva sans tarder. « Pour l'obtenir, il faut, mon cher Driss, commencer par habituer le cheval à se rassembler facilement, à se *pelotonner* en se cadençant sur place, c'est-à-dire en piaffant. Puis on le met à un galop lent, qu'on ralentit de plus en plus. On arrive ainsi au galop sur place, mais il faut que ce galop soit bien vibrant ; que le cheval, en boule, se cadence de lui-même. Alors, on essaie de marquer, très délicatement, un temps de reculer sur le mors, au moment où l'avant-main est en l'air, pour la faire retomber un ou deux pouces en arrière du point sur lequel elle était au temps précédent. On active un peu le galop avec les jambes, et l'on fait ainsi des temps de reculer avec la main, suivis de légers coups de mollets pour entretenir le mouvement de bascule de l'allure. C'est long à apprendre et l'on ne peut reculer que très peu à chaque foulée, bien entendu. On obtient ainsi, mon cher Driss, le galop en arrière. À condition que le cavalier reste très calme et qu'il arrête souvent pour rétablir l'équilibre. »

Un matin, alors que la caserne dormait encore, Driss réalisa, pour lui seul, ce galop arrière sur la terre meuble. Il eut le sentiment de bouleverser les lois de la nature et fut saisi d'un immense vertige. Il était heureux comme jamais il ne l'avait été. Il caressa son cheval pour le remercier. Ce fut la première et la dernière fois qu'il demanda cette figure. Elle serait inscrite pour toujours dans sa mémoire. Personne n'en avait été le témoin. Et il n'écrivit même pas, pour s'en vanter, au capitaine Beudant. Ce serait son secret. Il en rêverait souvent.

11

Saint-Florent-le-Vieil, 22 juin 1940

Chaque semaine, depuis des années, Étienne guettait, dans sa boîte aux lettres accrochée de guingois à l'entrée du chemin d'épineux, des nouvelles de Vallerine.

Cela faisait treize ans qu'il l'avait envoyée à Paris pour parfaire, sans lui, son éducation. Il avait confié une enfant, il imaginait maintenant une beauté accomplie dont les meilleurs cavaliers d'Auteuil et de Passy devaient être épris, qu'il jalousait un peu. La nuit, il rêvait qu'elle étincelait sous les lustres de la capitale, caracolait devant un public ébahi, et qu'on murmurait au balcon : « C'est la dernière jument de M. Beudant, sa favorite, admirez *le brillant de son tissu...* » Il se réveillait alors, saisi par une fierté de gandin et une nostalgie qui le mettait, sur l'oreiller, au bord du sanglot.

Plusieurs fois, on lui avait proposé de faire le voyage à Paris. Il pourrait ainsi constater que ses recommandations, sinon ses admonitions, avaient été observées à la lettre. Il aurait la preuve que l'industrieuse Vallerine était travaillée selon ses principes et sa philosophie. Mais s'il en éprouvait le désir, il n'en avait plus la force. Et, sans oser l'avouer à ses correspondants, le capitaine à la retraite ne supportait pas l'idée d'être embarqué à Dax dans un train, oh ! hisse !, porté ensuite tel un colis encombrant sur le quai de la gare d'Austerlitz et poussé enfin, sur son fauteuil roulant, jusqu'à la porte du manège Pellier, où sa vieillesse serait obligée d'admirer en contre-plongée le gracieux spectacle de son génie révolu et de sa mort prochaine.

Les relations épistolaires avaient le double avantage de lui épargner cette humiliation et de fixer, sur le papier, les progrès de sa protégée. Au début, Étienne avait reçu, pour l'essentiel, des lettres de château, comme celle de M. Gougaud, le directeur et propriétaire de l'école d'équitation Jules-Pellier : « Votre Vallerine est charmante. Elle est distinguée dans sa forme et son geste. Je ne parle pas de son dressage, qui est parfait. Elle donne ses airs de haute école avec une docilité et un brio au-delà de tous les éloges. Je suis très flatté de l'avoir à la maison et de la préférence que vous avez bien voulu me donner. C'est un cadeau inestimable. M. Bernard et moi sommes ravis. Je n'ai qu'un regret, c'est de ne pas être allé à Dax pour vous voir la monter et me rendre mieux compte encore de la bonté de votre méthode car je doute que, malgré nos efforts, nous atteignions votre précision et votre maîtrise. » Le mot *bonté* l'avait fait sourire.

C'est de son ami, le capitaine Bernard, qu'Étienne attendait avec impatience les plus précieuses informations. Lui seul savait en effet lui raconter avec exactitude comment la belle se comportait au Bois, où il l'emmenait chaque jour en promenade, seul ou en groupe, et où elle étonnait par son calme olympien, l'ampleur de ses allures, la manière dont, docile et faraude, elle prenait la lumière. Lui seul pouvait décrire, en détail, les enchaînements de chaque séance au manège, la gradation des efforts, du galop ordinaire au galop rassemblé, et trouver les mots d'extase que lui inspiraient de « splendides » contre-changements de main au passage. Aux questions techniques que, en retour, Étienne s'empressait de lui poser, il répondait de façon touchante et scrupuleuse, l'assurant du bon usage et de la bonne place de ses aides, main, jambe, talon. « Je m'efforce de faire comme si j'étais vous », lui répétait-il. Un amant de substitution n'eût pas été plus obligeant, plus serviable.

Les années passaient, et Vallerine faisait des ravages. On la disputait déjà au capitaine Bernard, qui opposait un refus cinglant à tous ceux dont le seul désir était de la présenter lors des soirées de gala, des carrousels caritatifs et des fêtes de centres équestres. Il se trouva même un directeur de cirque parisien pour proposer de l'acheter. Mais il ne voulait pas qu'elle devînt une curiosité, un ornement, un caniche savant et frisé. En l'exhibant, il serait infidèle à Beudant et braderait son héritage. Il autorisait en revanche quelques cavalières du manège Pellier, fines et expérimentées, à la monter.

Car le militaire leur trouvait des manières que n'ont pas les hommes, une délicatesse dans les aides, une prévenance dans la demande, une patience d'ange et beaucoup d'intuition. Parmi elles, Mmes Ponthieu et Lajoinie, qui n'étaient plus jeunes mais avaient du chien, excellaient sur Vallerine. Elles la montaient en califourchon, ce qui avait été une petite révolution dans une société fermée qui n'avait connu jusqu'alors que des amazones et n'imaginait les femmes qu'en tricorne et en équilibre précaire, les deux jambes sur le flanc gauche de la monture, les reins bien cambrés sur la selle dessinée jadis par Catherine de Médicis, dissimulant leur tact et leur vertu sous une longue robe de tissu noir.

Au club-house, un cigare et un scotch à la main, les plus âgés des cavaliers, les joues en feu, la voix pierreuse, regrettaient déjà l'époque où ils offraient leurs épaules pour aider les amazones à monter et enserraient leur taille au moment où elles mettaient pied à terre. Ils aimaient tant palper de la cavalière, sentir leur haleine chaude et se croire indispensables. Souvent, les mains des hommes s'égaraient. Dans un épais nuage de fumée, ils raillaient désormais ces dames en jodhpurs, « ces centauresses modernes qui se prennent pour des hommes », et rivalisaient de blagues salaces sur les cuisses ouvertes, offertes au pommeau saillant et au vents coulis mutins. Certains prétendaient même tenir de leurs amis obstétriciens et gynécologues des beaux quartiers que, si vraiment elles s'obstinaient à monter sur deux étriers et à contrarier la nature, elles ne pourraient plus avoir d'enfants. À la stérilité s'ajouteraient d'ailleurs « des aménorrhées, de l'hystérisme, et du nervosisme ». Le capitaine Bernard laissait dire. Il était secrètement convaincu que, bientôt, toutes les cavalières porteraient la jupe-culotte, et puis la culotte seule, et que, dans un avenir plus lointain, elles renverseraient, dans les manèges, le pouvoir autocratique des hommes. Le temps viendrait du gynécée.

À Dax, Étienne, qui n'avait pas connu l'amour, qui l'avait seulement frôlé sous un climat plus propice à l'abandon, à l'extase, et se demandait encore pourquoi il était passé à côté de ce privilège, était rassuré de savoir parfois Vallerine sous la selle de femmes qu'il ne connaissait pas mais dont il imaginait volontiers la grâce espiègle, la douceur autoritaire et le profil égyptien. Il ne cachait pas une certaine excitation à l'idée qu'elles ne faisaient pas seulement exécuter à sa jument les airs de fantaisie, qu'elles l'emmenaient aussi, queue et crinière au vent, sur les barres. Légère sur le plat comme à l'obstacle, sa jolie Landaise volait donc sur les toits de Paris, et le vieil homme rêvait, les yeux fermés, les mains posées sur les roues de son fauteuil, qu'il taquinait afin de bercer ses illusions dans un imperceptible va-et-vient, presque un galop enivrant. Étienne montait désormais par procuration.

Et puis un jour, il n'avait plus reçu de lettres et plus de nouvelles de Vallerine. C'est que le monde s'était soudain mis à trembler. Le temps n'était plus aux figures de haute école et aux conversations épistolaires sur la façon d'obtenir le rassembler ou, au contraire, le camper. Dès la signature de l'Anschluss et les accords de Munich, le capitaine Beudant avait compris qu'il serait le contemporain d'une nouvelle guerre et que l'Allemagne, cette fois, prendrait sa revanche sur l'humiliation du traité de Versailles. À la souffrance de l'écuyer paralysé s'ajoutait, une fois encore, la rage de l'officier empêché. Il se sentait doublement impuissant et inutile.

Lorsque, après l'invasion de la Pologne par l'armée du IIIe Reich, le massacre des si vaillants lanciers en équilibre sur leurs petits chevaux et l'annexion de Dantzig, la France, le 3 septembre 1939, avait déclaré la guerre à l'Allemagne, Étienne avait téléphoné au manège Pellier. On lui avait répondu qu'on n'avait plus vu le capitaine Bernard depuis des semaines, que les instructeurs, les palefreniers, et même le maréchal-ferrant avaient été mobilisés, que les chevaux du club seraient peut-être réquisitionnés, que les nouvelles du jour étaient mauvaises et qu'il ferait mieux de venir reprendre au plus vite sa jument.

Il n'en avait plus dormi, imaginant, dans ses pires cauchemars, Vallerine montée par un hussard héroïque, jetée au triple galop, sur la Somme ou sur l'Aisne, contre les blindés du général Guderian, et mourant au champ d'honneur après une longue agonie. Chaque matin, dans *La Petite Gironde*, il suivait l'avancée des Panzers et les étapes de l'inéluctable défaite française : le franchissement de la Meuse, la prise d'Abbeville malgré la valeureuse contre-attaque de la 4e division cuirassée du colonel de Gaulle, la capitulation des troupes franco-britanniques à Dunkerque, la reddition de Lille, la chute de Rouen, de Reims et enfin, le 14 juin, comble de l'humiliation, l'entrée en fanfare, cavaliers en tête sur des chevaux lourds et frais, des Allemands dans Paris.

C'est ce jour-là qu'Étienne avait reçu un appel téléphonique de Mme Lajoinie. La communication était mauvaise. D'une voix pressée, angoissée et confuse, sans même se présenter, elle lui avait dit qu'elle devait agir vite, qu'elle prenait aussitôt la route, qu'elle emmenait Vallerine, qu'elle allait tenter de passer la Loire en Anjou et, si Dieu lui prêtait vie, qu'elle descendrait jusqu'à Dax.

— Préparez un box, capitaine, et priez pour nous.

Et elle avait raccroché. Le téléphone à la main, Étienne tremblait.

Mme Lajoinie avait emprunté le camion Renault du manège Pellier. Le palefrenier l'avait tapissé de paille et avait pendu au plafond deux gros sacs de foin. Vallerine était montée sans difficulté, sautant même dans la cabine avec une allégresse de biche ; elle ne savait pas que le voyage serait un enfer.

Dès la sortie de Paris, le camion avait rejoint la colonne des Français et des Belges qui fuyaient, sous un soleil de plomb, vers le Sud en espérant échapper à l'armée ennemie. C'était un cortège ininterrompu d'autocars, d'automobiles, de charrettes tirées par des chevaux ou des ânes, de bœufs attelés à des tombereaux, de vieux fiacres, de poussettes, de landaus, de motos, de vélos et de piétons. Tout ce qui roulait, des plus belles Delahaye aux plus simples brouettes, ployait sous le poids de valises encordées, des cantines, des ballots, des matelas, des chaises, des armoires, des horloges, des cages à lapins, à chats, à poules. Les bas-côtés de l'exode ressemblaient à des décharges où s'entassaient déjà les carcasses des premières voitures abandonnées auxquelles des pillards avaient dérobé les roues et les banquettes, mais aussi les gros meubles dont, en progressant, les familles avaient fini par se délester, et encore les cadavres de chevaux morts au-dessus desquels bourdonnaient, dans une odeur de tripes pourries, de viande poisseuse, des nuées de mouches. Le soleil brillait haut. Les enfants pleuraient. Les chiens aboyaient. Des vaches épaisses, qui n'avaient pas été traites depuis des jours, hurlaient derrière les haies de bocage. Au loin, comme pour scander le vacarme du désespoir, les cloches des églises sonnaient le glas.

Jusqu'à Chartres, et à raison de cinq kilomètres par jour, le camion de Mme Lajoinie avança lentement mais sûrement au milieu des étendues de blé et de maïs, se frayant un chemin entre les grappes humaines et les véhicules en tous genres. Lorsque Vallerine s'impatientait, suant à grosses gouttes sur sa longue encolure alezane, elle se mettait à piaffer et faisait vibrer la carlingue, qui dodelinait dans un fracas de quincaillerie, une symphonie de cuivres. Alors, Mme Lajoinie s'arrêtait dans un champ et, tandis que passaient sur la route la cohorte des affolés, la foule des sans-logis, la débâcle de la France, elle sortait Vallerine de l'habitacle surchauffé et, au bout d'une longe, la laissait brouter l'herbe haute, verte, riche, dévorer les graminées des cultures abandonnées. Parfois, des lazzis fusaient d'une charrette dans sa direction : « Ça, c'est de la bonne bidoche ! », « Hé !, la p'tite dame, vous voulez qu'on la découpe, vot'bête ? », que Mme Lajoinie feignait de ne pas entendre, toujours prompte à remonter Vallerine dans le camion et à reprendre la route, cahin-caha.

C'est en approchant du Mans que l'expédition soudain empira. Au flot des apeurés s'ajoutaient maintenant, en sens inverse, les colonnes des soldats français au visage épuisé qui marchaient vers le nord sans plus savoir s'ils cherchaient à se battre encore ou à se rendre déjà. La confusion était totale. Parfois, le camion de Vallerine, pris en tenaille par ces courants contradictoires, était bloqué pendant des heures. Et soudain, la colère tomba du ciel : des stukas à croix noire descendirent en piqué jusqu'au faîte des platanes pour lâcher, sur la nationale embouteillée, des rafales de mitrailleuse et des bombes. Au début, paralysée par l'effroi, Mme Lajoinie s'accrochait à son volant en fermant les yeux, attendant que s'éloigne l'orage de fer. Et puis, elle apprit, dès qu'elle entendait gronder derrière les arbres les avions allemands, à se précipiter dehors, à extraire Vallerine de sa cage et à courir avec elle se mettre à l'abri, c'est-à-dire à l'écart de la route. L'exercice se répétait dix, quinze, vingt fois dans la journée. Et, après le passage en rase-mottes des oiseaux de malheur, c'était toujours le même spectacle d'apocalypse : des monticules fumants de corps éventrés, des membres éparpillés, des têtes aux yeux exorbités qui roulaient sur le macadam, des gémissements d'agonisants, des cris d'enfants devenus orphelins en quelques secondes, des Juvaquatre renversées, des Rosalie calcinées, des charrettes en flammes, des bœufs figés dans la mort les quatre pieds en l'air, et des chevaux lourds, pesant de toute leur masse inerte, grotesque, en travers du chemin, au milieu des matelas déchiquetés dont les plumes volaient au vent, des valises éventrées, qui vomissaient alentour des habits du dimanche, des nuisettes, des robes en soie et des bleus de chauffe.

La foule affamée, assoiffée, repartait, s'extrayant de la boucherie à pas lents, comme si rien, ni les cadavres abandonnés derrière elle ni la menace d'une nouvelle escadre de stukas devant elle, ne pouvait arrêter sa marche grégaire et funèbre vers le sud, au rythme lent des percherons et des boulonnais, chevaux des champs, de halage, de débardage, de brasserie, ou de corbillard.

Mme Lajoinie avait compris qu'elle devait profiter des chemins de campagne pour contourner le danger permanent. Sans cesse, elle s'écartait de la route bordée de corps en putréfaction, faisait le plein d'essence et de provisions dans les rares villages où les boutiques n'avaient pas encore tiré le rideau de fer, achetait à des paysans suspicieux de la paille et du foin dans les fermes les plus isolées, et rejoignait enfin, à la nuit tombée, la cohorte des damnés pour mieux la quitter au petit matin.

Après Angers, les attaques aériennes furent plus espacées. C'est que la Wehrmacht fonçait maintenant sur la route. Des tanks, des side-cars et des camions remplis d'hommes en armes roulaient vers la Loire en doublant et insultant le long troupeau des réfugiés. La rumeur courut que Saumur avait héroïquement résisté à l'ennemi, que deux mille cadets, cavaliers à pied soutenus par une poignée de mortiers, avaient défendu les ponts et sauvé l'honneur, mais que l'armée allemande avait fini par l'emporter sur cette jeunesse bravache.

Épuisée, hagarde, d'une saleté qui ne l'étonnait même plus et lui tenait lieu d'armure, Mme Lajoinie trouva refuge au château de Serrant, dont la famille avait monté autrefois au manège Pellier. Elle y fut accueillie comme une rescapée de la retraite de Russie. Vallerine eut droit, dans les écuries, à une stalle de princesse, un épais matelas de paille jaune et, dans la mangeoire, des carottes avec leurs fanes douces et croquantes. À table, sous des lustres vénitiens, on parla de la déroute, de l'occupation de Cholet, de l'armistice demandé par le maréchal Pétain, et de l'appel du général de Gaulle déclarant que « tout Français qui porte encore des armes a le devoir absolu de continuer la résistance... ».

De Serrant, Mme Lajoinie téléphona à Étienne.

— Je sors de l'enfer, mais rassurez-vous, capitaine, Vallerine va bien. Elle a supporté le voyage avec vaillance. Elle m'a surprise. Si vous saviez ce qu'on a vu, ce qu'on a entendu, ce qu'on a vécu... Je vais essayer de passer la Loire à Saint-Florent-le-Vieil, et ensuite, je l'espère, on descendra plus calmement vers les Landes.

— Prenez votre temps, et pensez, je vous prie, quand vous faites une halte, à monter Vallerine, ne serait-ce qu'une demi-heure dans les champs, pour la dégourdir. Je connais son tempérament sauvage : elle ne pourra pas rester enfermée trop longtemps dans le camion. Elle a trop d'énergie, si on l'empêche de se défouler, elle peut devenir folle. Je compte sur vous, chère amie.

Mme Lajoinie appliqua aussitôt le conseil du maître. Avant de reprendre la route, elle sella Vallerine et arpenta au trois allures l'immense parc du château, qui sentait le tilleul et le buis. La jument était légère, étonnamment sereine, ne s'appuyant pas sur son mors, déjà oublieuse de la guerre, de ses fracas, de ses cadavres, et de ses affreuses sirènes de stukas qui ressemblaient à des meuglements célestes. Elle trottait dans la liberté et galopait dans l'euphorie, sous les vieilles frondaisons chargées de la tiédeur du jour. C'est si simple, le bonheur, pensait la cavalière en équilibre ; c'est, loin des grondements du monde, quelque part entre la terre et le ciel. On se baisse pour éviter les branches basses, on se couche sur l'encolure, on écoute son cheval plus qu'on ne le mène, on écrase les taons qui se fixent sur ses épaules, on lui parle, on se parle, on ferme les yeux au galop, on les rouvre en pleine lumière, et on sent sous ses cuisses vibrer une montagne de muscles, une mer de tendresse. Elle avait le sentiment d'être inatteignable et invulnérable.

Avant de l'embarquer, le maréchal de Serrant, un colosse aux épaules de portefaix, vérifia les pieds graciles de Vallerine, qui les lui offrit volontiers, avec juste un peu de condescendance. Étrangement, si les antérieurs étaient propres comme des sous neufs, plusieurs étampures des postérieurs étaient vides, et les fers risquaient désormais de tomber au moindre faux pas. Il préféra les changer tous. Après avoir paré, il ferra à froid, planta à l'oblique dans la corne les clous carrés de Charleville et brocha les pointes. Ses gestes étaient précis, rapides, claquants, et d'un autre temps, comme d'une Gaule très ancienne. Au loin, derrière le bois de gros chênes, des bombardements saccageaient la douceur de l'été.

En montant sur le pont, Vallerine fit claquer joyeusement ses nouveaux souliers. Et le camion repartit sur la route des vieux moulins et des hauts peupliers. À Varades, il tourna à gauche pour rejoindre la Loire, à Saint-Florent-le-Vieil. Mme Lajoinie avait hâte d'atteindre la Vendée, l'insoumise Vendée, et de descendre ensuite vers Dax en laissant derrière elle la fureur menaçante des occupants. Mais la foule des sans-abri et l'enchevêtrement des voitures attelées gênèrent encore sa progression. Il lui fallut plusieurs heures pour parcourir quelques dizaines de kilomètres seulement.

Pour la première fois, elle fut saisie par un immense découragement, une irrépressible envie d'abandonner le camion et de rendre la liberté à sa jument.

Lorsque le soleil commença à se coucher, elle s'arrêta dans une ferme, à l'entrée de Saint-Florent. Un vieux couple hébété, dont le fils se battait Dieu seul sait où, la reçut à bras ouverts. On lui donna un lit et, à Vallerine, un herbage clôturé par une haie de mûriers sauvages, où elle exécuta dans la pénombre de petits sauts de cabri avant d'aller inspecter, d'un pas précautionneux, son nouveau territoire.

Mme Lajoinie dormit plus de douze heures d'un sommeil de plomb. Quand elle se réveilla, le soleil était déjà haut, et elle avait retrouvé son entrain. Elle ne savait pas ce qui, soudain, l'excitait le plus, de restituer bientôt Vallerine à son maître ou de rencontrer enfin ce fameux capitaine Beudant, cet écuyer mirobolant dont on prétendait que, par une force invisible et irrésistible, les mollets attiraient vers eux les grassets de tous les chevaux qu'il montait. Elle but la chicorée, dévora le pain bis et l'épaisse confiture de prunes violettes que ses hôtes lui avaient préparés et, le licol à la main, partit chercher Vallerine.

On était le 22 juin, un jour qu'elle n'oublierait jamais. Lorsqu'elle entra dans le pré, maculé de traces de sabots, il était vide. Elle en fit plusieurs fois le tour, comme pour s'assurer qu'elle ne vivait pas un mauvais rêve. Elle chercha, sans en trouver, des trouées dans la haie. Elle cria « Vallerine ! » mais seuls les chiens lui répondirent. Alerté, le couple de fermiers sortit de la maison.

— C'est qu'elle s'est échappée, la diablesse, lâcha la femme.

— Ou qu'on en a fait du rôti, ajouta l'homme. Les temps sont si durs, ma p'tite dame, faut bien se nourrir, et la viande de cheval, y a rien de meilleur pour la santé, de plus riche pour les mômes.

La longe au bout des bras ballants, la bouche ouverte, les yeux vitreux, Mme Lajoinie était comme statufiée au milieu de l'herbage. Elle marmonnait des paroles incompréhensibles.

— Vous en faites pas, ma p'tite dame, un cheval, c'est rien, vous en aurez d'autres, et puis vous êtes vivante, vous devriez plutôt remercier le bon Dieu d'avoir été épargnée par cette saloperie de guerre. Croyez-moi, vous ne connaissez pas votre chance !

Sortant difficilement de sa torpeur, Mme Lajoinie partit quadriller les champs alentour. Elle continuait de hurler « Vallerine ! » de la voix autoritaire du chasseur qui rappelle ses chiens. Elle voulait croire que la jument avait pris peur et sauté hors de son pré, qu'elle reviendrait, pleine de terre et d'effroi, l'encolure basse, des ronces accrochées à la queue, mais qu'elle reviendrait ; il faudrait la calmer, la panser, brosser sa crinière et curer ses pieds sales. Elle était si joueuse, si capricieuse, si sensible aussi, la Vallerine, elle avait voulu s'offrir un petit galop en liberté avant de reprendre la route, avant d'être rendue à celui qui, autrefois, l'avait mise et révélée. Ce n'était pas possible, pensait Mme Lajoinie, qu'après toutes ces années où la jument avait embelli dans le grand manège parisien, elle disparût dans la campagne angevine, le jour même où la France capitulait. Oh ! elle n'était plus toute jeune, elle allait prendre bientôt dix-neuf ans, la gazelle, mais elle avait encore toute sa souplesse et sa grâce. Allez, reviens, la belle !

Mme Lajoinie marcha pendant des heures, explora les bosquets et les ravines, s'enfonça dans les champs de maïs, fouilla les hangars et les ruines, scruta l'horizon, interrogea le ciel, poussa jusqu'à un ruisseau, eut un moment d'espoir en entendant hennir derrière une haie de bouleaux, mais c'était un trotteur à la retraite qui réclamait du foin ou une compagne. Elle se coucha plusieurs fois dans les sentiers boueux pour chercher la forme d'un fer, s'écroula de fatigue au pied d'un hêtre et rentra en boitant à la ferme avec l'idée folle que Vallerine serait retournée dans son pré. Mais seule une buse, postée sur un pilier, y guettait sa proie de ses yeux ironiques. Aux fermiers qui l'avaient accueillie, elle laissa sur un bout de papier son adresse parisienne et celle, à Dax, du capitaine Beudant. « On ne sait jamais... »

Elle monta dans le camion et reprit la route en sens inverse, vers le nord, vers la guerre et les embouteillages du malheur. Elle n'arrêtait pas de pleurer. Une averse noire s'abattit, annonçant un impitoyable orage d'été.

12

Dax, 15 avril 1945

La fin de la guerre l'avait surpris ; il ne pensait pas y survivre. Pendant la Première, il avait été maintenu par sa hiérarchie en Afrique du Nord. Et pendant la Seconde, il avait été cloué sur son fauteuil par la maladie, cette autre bataille. Être paralysé dans une France occupée, quelle position grotesque. La liesse populaire de la Libération lui fut donc aussi étrangère que les échos d'une fête où l'on n'a pas été invité et dont les lointains flonflons soulignent l'irrépressible mélancolie des exclus.

Durant toutes ces années de privation et d'humiliation, il lui aurait semblé opportun et raisonnable, à quatre-vingts ans passés, de disparaître. La vieillesse est si encombrante. De voir son pays à genoux, dans la position sacrificielle du pénitent ou du condamné, avait ajouté à son désir de fermer les yeux pour toujours. Le soir, lorsqu'il allait se coucher, hissant avec de plus en plus de difficultés son corps maigre et friable sur le lit, il espérait secrètement s'endormir et ne jamais se réveiller. On n'aurait même pas su qu'il était mort. Qu'aurait donc pesé le dernier soupir d'un cavalier décrépi ayant tiré sa petite notoriété d'un art démodé face à l'immense charnier où l'Allemagne venait de jeter, par millions, les cadavres des innocents, les ossements des mères courage et des enfants martyrs ?

Mais la mort ne voulait pas encore de lui. Elle ne l'avait pas assez usé. Elle n'avait pas son content de souffrances. Elle le faisait mariner dans la solitude, le camphre et la digitale. Après lui avoir pris ses chevaux, ses jambes et son génie, elle se jouait de ses avances, se refusait à lui ; elle n'avait décidément aucune pitié. Le capitaine Beudant la toisait avec ce qui lui restait de la grandeur et des servitudes de son passé militaire : du panache, de la bravoure, une absolue soumission aux ordres supérieurs et, taillée aux ciseaux chaque matin, une moustache d'officier des colonies. Comme il croyait, il augmentait ses vertus du goût de l'oblation.

Il était, désormais, l'un des derniers serviteurs d'une arme qui venait pour de bon de s'évanouir : la cavalerie. Se réclamant de Jeanne d'Arc, de Louis XIV et de Napoléon, elle avait donné au pays ses plus grandes victoires, ses plus grands héros et des gestes gravées dans les livres d'Histoire. Elle avait fini par se briser, dérisoire et impuissante, contre les chars allemands. Étienne ne cessait de penser à tous ces régiments de hussards, de dragons et de spahis très inconscients ou trop obéissants qui avaient chargé, sabre au clair, au triple galop, les monstres de métal froid postés à l'autre bout des plaines, les grosses tortues aveugles qui crachaient du feu et réduisaient des régiments entiers, les Français mais aussi les Cosaques caucasiens et les cavaliers anglais du Scots Greys, à un amas fumant d'hommes défigurés et de chevaux grimaçants, saisis ensemble dans l'élan, enchevêtrés dans la mort.

Sans quitter leurs bottes vernies et leur casque, les rares officiers de cavalerie qui avaient réchappé du massacre s'étaient reconvertis dans l'aviation, montant dans le cockpit comme on monte à cheval : à gauche et dos à l'hélice, cette tête mécanique. Quant à la troupe, elle avait gagné, tête basse, les rangs de l'arme blindée. Ainsi, tout au long de sa vie, le capitaine Beudant avait été le témoin d'une inéluctable disparition, celle des chevaux d'orgueil dont les charges faisaient autrefois trembler la terre et ses gouvernements. Il avait plus le sentiment d'être le contemporain de La Guérinière que celui du maréchal Pétain. Il préférait Austerlitz à Montoire. Son époque lui donnait la nausée.

Ayant la conviction profonde que les choses sont écrites et que le hasard n'existe pas, Étienne avait éprouvé un certain soulagement lorsqu'il avait appris, cinq ans plus tôt, pendant l'exode, la mystérieuse disparition de Vallerine. Au récit, entrecoupé de cris, de hoquets et de larmes, que lui avait fait aussitôt Mme Lajoinie, il avait opposé un flegme que son interlocutrice avait mis sur le compte de la sénilité. Elle avait bien essayé de lui décrire les lieux de la fugue ou du rapt, de s'ouvrir à lui de toutes les hypothèses auxquelles son enquête l'avait conduite, elle avait aussi promis de revenir à Saint-Florent, lorsque les jours seraient meilleurs, afin d'élucider cette énigme et de retrouver peut-être la jument chez un particulier, mais c'est à peine si Étienne paraissait concerné.

— Calmez-vous, chère amie, elle est partie, voilà tout. Et cessez de vous ronger les sangs. Vous vouliez la soustraire à l'Occupation, lui rendre sa liberté ? Vous avez réussi. Et quand bien même vous l'auriez amenée jusqu'à Dax, cela n'eût servi à rien. Vous savez bien que je ne peux plus monter. Qu'en aurais-je fait, de notre Vallerine ?

Qu'elle ait été volée par un fermier, découpée à la hâte par un boucher, dérobée par un cavalier, ou simplement attirée par un entier dans un champ voisin, tout cela ne comptait plus pour Étienne. Il avait aimé Vallerine d'un amour fou et cela faisait maintenant dix-huit ans qu'il vivait dans son regret. Il en avait déjà fait le deuil en la voyant partir pour Paris, un jour du printemps 1927. Il n'avait jamais oublié la manière dont, sur le quai de la gare de Dax, avant de monter dans le wagon de marchandises, elle avait tourné lentement son encolure, incliné son chanfrein et planté fixement son regard fauve dans ses yeux bleus. Malgré toute la confiance qu'il plaçait dans la science et la technique du capitaine Bernard, il savait qu'elle échappait désormais à son empire et qu'elle cessait, pour toujours, d'être son œuvre. Il avait fait Vallerine, d'autres, avec les meilleures intentions du monde, la déferaient. Elle était unique, elle serait multiple. Son avenir ne le concernait plus.

Après son éclipse sous le ciel de la Loire, le vieil Étienne faisait toujours le même rêve, un rêve heureux, harmonieux, enfantin, où Vallerine s'envolait jusqu'à l'azur et glissait, dans un galop divin, au milieu des nuages à la manière de Pégase, le cheval ailé de la légende né du sang de Méduse, et il était Bellérophon qui, après avoir tué la Chimère, héritait du trône royal de Lycie. Grâce à Vallerine, il avait la jeunesse éternelle du héros grec. Mais que diable pouvait comprendre la scrupuleuse, loyale et entêtée Mme Lajoinie à tout cela?

Son seul bonheur était d'avoir, dès sa disparition, pensé à coucher sa chère jument sur un lit de papier. On pourrait désormais l'y admirer. Le livre non massicoté était encore tiède, qu'Étienne tenait entre ses mains. Il venait de sortir des presses des Éditions de la Guillotière, à Lyon. Il portait le titre de *Main sans jambes*, qui était à la fois sa devise, sa philosophie et son épitaphe d'écuyer. Étienne l'avait écrit pendant les années noires; c'était sa manière à lui de s'échapper, de s'emballer et de résister. Il n'avait plus l'âge du maquis, mais il avait toujours celui de la fuite dans le passé, où nul Allemand ne pouvait pénétrer, qu'aucun salaud ne pouvait occuper. Merveille de la littérature, qui empêche les morts de mourir et qui restitue leur jeunesse à ceux qu'on a trop aimés.

Rangés comme dans les stalles d'une vieille et belle écurie, offrant au lecteur ces croupes rondes dont Géricault raffolait, ils étaient tous là, page après page, chapitre après chapitre, certains même augmentés d'une de ses mauvaises photographies, les quelque quarante chevaux de métropole et d'Afrique du Nord qu'il avait dressés depuis les années 1880, les irascibles qu'il avait adoucis, les effarés qu'il avait consolés, les furieux qu'il avait calmés, les rétifs qu'il avait rassurés, les emballeurs qu'il avait amignonnés, les lourds qu'il avait allégés, les souffrants qu'il avait soulagés, les creux qu'il avait bombés, les plats qu'il avait relevés, les sans-grade qu'il avait honorés. Oh! Grillade, Felton, Cachette, Captif, Conspirateur, Consul, Cahier, Capucine, Gaieté, Marjolaine, Rachel, Raisbonne, Ramus, Marne, Houlette, Royal-Speed, Schell-Fisch, Newton, Cow-Boy, El Mettin, El Ghezal, Meskine, Sultan, Bakhta, Mechboub, Messaoud, Mimoun, Sadoun, Hamia, Vieux Jeu II, Assad, Robersart II, Iris, Nethou II, Daouda, Nageur,

Cuperly, d'autres encore dont il avait oublié le nom mais pas le caractère ni la physionomie, quel tournis, quelle sarabande, quelle fantasia, quel carrousel, et puis toi, Vallerine, saisie au passage étendu et au piaffer, ce rassembler rythmé, brillant d'un éclat de diamant noir sous le soleil de Dax.

En feuilletant son propre livre, son tombeau, où il passait en revue ses chevaux disparus, Étienne mesurait soudain la somme de travail qu'ils lui avaient demandée, l'incroyable énergie qu'il leur avait consacrée, et l'étendue de son sacerdoce. Tant d'efforts pour obtenir l'équilibre parfait, qui est pourtant une illusion. Une telle foi dédiée à l'éphémère. De si grands sacrifices pour mettre droit des chevaux que, après lui, d'autres abîmeraient. Une abnégation qui lui avait valu de finir son existence sans femme, sans héritiers, sans argent, sans jambes, sans repos. Et soi-même, toujours remis en question, jamais certain de son œuvre, persistant à douter de sa technique, s'effaçant derrière des maîtres que, pourtant, il égalait.

« Seule Jeanne d'Arc, la Lorraine, écrivait Étienne en 1943, à la fin de son livre, devint instantanément la cavalière et le grand capitaine qui sauva la France. Seulement chez elle, l'art, comme le patriotisme et le génie, était divin. »

13

Dax, 25 octobre 1948

Désormais, que ce fût en tête des lettres respectueuses dont chaque jour on l'accablait, chacune commandant une réponse qu'il lui coûtait déjà d'écrire, ou dans la bouche onctueuse de ses visiteurs toujours plus déférents, on n'en finissait pas de lui donner du « maître ».

Étienne n'aimait pas ces rappels insistants à son étonnante longévité. Il méprisait l'obséquiosité et détestait l'idolâtrie. Il disait : « Les compliments m'ont toujours gêné, contrarié, parce que je ne sais pas plus y répondre qu'en faire. »

Il jugeait que rien ne méritait ces marques de considération, voire de vénération. Et il était sincère. Toute sa vie, il avait fait d'une prière sa devise : « Mon Dieu, rendez-moi prudent dans les entreprises, courageux dans les dangers, patient dans les travers et modeste dans les succès. » À quatre-vingt-cinq ans, il avait passé l'âge où la fausse modestie dissimule en privé et tempère en public la satisfaction de soi. Au lieu d'en être touché, il avait été exaspéré par l'hommage que lui avait rendu le général Donnio : « Vous n'êtes pas un cavalier, vous êtes un sorcier ! » Et pourquoi pas un prophète, un prestidigitateur, un rebouteux. Sacré nom de Dieu, toute une vie pour définir simplement une manière de monter, et il s'en trouvait pour applaudir, comme au cirque, un numéro de magie ou de voltige. Quel gâchis.

Car la première vertu que les chevaux lui avaient enseignée, c'était l'humilité ; eux seuls avaient été ses maîtres. Il n'avait fait que les servir le mieux possible. Il avait été le discret artisan de leur splendeur. Depuis toujours, il s'était appliqué à être invisible, plus léger que l'air, afin de leur rendre cette fierté qui ajoutait encore à leur beauté sauvage. Il détestait l'épate. Il se moquait des cavaliers qui en remontrent, en rajoutent, de la même façon qu'il condamnait la gymnastique exagérée que certains exigent des chevaux, les poussant à des levades excessives dans le travail aux longues rênes ou les faisant s'asseoir jusqu'à ce que les jarrets touchent terre entre les piliers. « C'est aller contre la nature, c'est criminel, lâchait-il en colère. Les chevaux ne sont pas des kangourous d'Australie ! »

Un valet en livrée d'écuyer, voilà le titre dont, à la rigueur, il voulait bien se prévaloir. Mais cela ne faisait pas l'affaire de ses admirateurs, qui, dans un pays ruiné, blessé, humilié, livré aux règlements de comptes et à l'autoflagellation, réclamaient un vieux sage, exigeaient un régent, un gourou, un modèle, un porteur d'idéal et, comme on le disait à Saumur de l'écuyer en chef, un grand dieu.

Au colonel Georges Margot qui, justement, présidait aux destinées du Cadre noir, et venait de lui proposer d'accepter la direction de l'École de cavalerie en ajoutant à la lettre son propre portrait, augmenté de cette dédicace : « Au capitaine Beudant, notre maître à tous, en toute humilité », Étienne avait aussitôt répondu : « Je crains que vous ne vous rendiez pas compte de l'état de confusion dans lequel l'honneur que vous me faites m'a plongé. Je vous ai écrit, et je répète, en toute sincérité, que vous vous faites illusion. Je vous demande de me traiter plus familièrement, plus en simple camarade. Étant donné le prix que j'attache au *noble art*, c'est moi qui devrais vous traiter avec vénération. Vous m'appelez "mon capitaine", soit, le général de Bailliencourt et d'autres officiers en font autant ; toutefois, étant capitaine du 5 mai 1901, je les ai connus jeunes officiers. Capitaine de réserve du 5e chasseurs d'Afrique, j'ai réussi à aller au Maroc en guerre en 1913 afin de reprendre du service actif, voilà pourquoi on me conserve le titre de capitaine. Mais seul le général Decarpentry est digne d'être votre directeur, parce qu'il fut un dieu, lui aussi, pendant je ne sais combien de temps, mais aussi en raison de sa valeur unique. Merci pour votre photographie personnelle, que je viens de faire encadrer à Dax. Elle n'est un peu floue qu'aux pieds antérieurs et ce n'est rien, tandis que votre position me donne la grande joie de voir que vous pratiquez la descente des cuisses qui, comme le disait le général L'Hotte, caractérise la belle assiette à la française. »

Pour lui exprimer sa gratitude, Margot, qui peignait des aquarelles après avoir conduit le carrousel et prolongeait sur la toile, en esthète, sa passion des chevaux que l'homme embellit, avait réalisé le joli portrait du capitaine Beudant montant Mabrouk au passage, et il s'était appliqué à ce que son pinceau reproduise au plus juste l'exercice tel que son maître l'avait défini : « Les membres antérieurs s'élèvent et se soutiennent en s'arrondissant, les jarrets se plient, comme mus par des ressorts, et les pieds rebondissent du sol comme des balles élastiques. »

En même temps que le tableau de Margot et le journal annonçant la mort en exil, à Pau, du bey de Tunis Moncef et l'occupation des cokeries par soixante mille CRS, était arrivée, au courrier du matin, une grosse enveloppe postée à Fribourg. Elle contenait des photographies et une lettre, écrite par le capitaine de Fournoux, directeur des sports hippiques en Allemagne du Sud : « Mon cher ami, je m'en voudrais de ne pas vous faire le compte rendu des fêtes auxquelles a donné lieu l'inauguration du manège qui porte votre nom... » Étienne n'en croyait pas ses yeux. Cette fois, c'était trop. Il découvrait en effet que le colonel de Champvallier, commandant en Allemagne les 7e et 8e régiments des spahis algéro-marocains, avait ordonné l'édification, à Kuppenheim, d'un *sanctuaire* dévolu à l'étude de l'art équestre. Baptisé *Manège Beudant*, il était orné, sur le mur qui fait face à la tribune, de deux immenses portraits, peints par un artiste local, du maître au piaffer, l'un sur Mabrouk, l'autre sur Vallerine. « Ainsi, ajoutait Fournoux, présiderez-vous désormais en effigie à tous les exercices équestres qui s'effectueront en ce haut lieu. Le jour de l'inauguration, votre nom, votre vie et votre méthode ont été applaudis au cours d'un discours qui fut suivi d'une série de numéros d'allure militaire exécutés par des spahis avec accompagnement de mousqueterie et enfin d'un carrousel comprenant deux reprises évoluant symétriquement, chacune étant conduite par une jeune fille, les autres cavaliers étant des officiers du groupe algéro-marocain. Après quoi, un héraut fit son apparition sur la piste, cria "Gloire et honneur au Maître" et proposa qu'une minute de recueillement nous unît à vous par la pensée. »

Mais à qui, se demandait Étienne Beudant, partagé entre la gêne et l'émotion, le profond sentiment d'indignité et une reconnaissance qu'il peinait à formuler, tous ces hommages étaient-ils adressés ? Au cavalier ? Mais il n'avait plus monté depuis vingt ans, il était devenu infirme à l'âge où un écuyer atteint la plénitude de son art, et seuls se souvenaient du dresseur quelques rares officiers et vétérinaires d'Afrique du Nord, du moins ceux qui n'avaient pas disparu dans le fracas meurtrier des deux grandes guerres. À celui dont des photographies jaunies restituaient l'imperturbable aplomb, l'impériale attitude en selle ? Mais ces pauvres images arrêtées ne pouvaient rien saisir du mouvement perpétuel, de l'entente sacrée entre lui et ses chevaux. Au militaire ? Mais il n'avait jamais appartenu à la caste des officiers supérieurs, il était resté un petit capitaine, un gradé besogneux. Au théoricien de *Dressage du cheval de selle*, qui avait eu quelques lecteurs en 1929, et de *Main sans jambes*, qui avait connu, en 1945, un succès d'estime dans les manèges parisiens ? Des phrases, des phrases, rien que des phrases, ajoutées à toutes celles de ses prédécesseurs, qui ne remplaceraient jamais la beauté du geste pur, par essence indicible. « Je ne suis, concédait-il, qu'un empirique. » Alors quoi ? C'était le vétéran, le vénérable dont l'unique mérite était d'avoir survécu qu'on honorait, et cette idée lui était insupportable.

À l'exception de Driss, avec lequel il aimait tant correspondre, parce que ses lettres étaient simples, directes, familières, presque filiales, et parce qu'elles lui apportaient les lumières et les senteurs du Maroc d'autrefois, un homme, un seul, trouvait grâce à ses yeux, qui venait, en ami et non en dévot, lui rendre visite à Dax. C'était René Bacharach. De quarante ans son cadet, il se flattait de n'être qu'un cavalier amateur et n'était jamais agi par l'ambition ; par l'émotion, seulement. Il cherchait la compagnie des âmes fortes et succombait aux essences rares. De profession, il était parfumeur, plus exactement chimiste, jonglait avec les fragrances du muguet, du lilas, du myosotis, de la rose et du lys. Par goût, il était voyageur, avec une prédilection pour l'Extrême-Orient. Il avait la passion de la Chine et avait vécu aux Philippines où, lorsqu'il ne se consacrait pas à isoler un parfum, il donnait des leçons d'équitation aux Américains. C'était un nez sur deux jambes. Ses peintres préférés étaient les surréalistes. En musique, il ne supportait que les pièces courtes d'Erik Satie. Grand lecteur de poésie, collectionneur de très anciens traités d'équitation qu'il protégeait de l'usure avec des boules de camphrier, ce collaborateur de la maison Guerlain croyait au pouvoir qu'ont les livres de sauver de l'oubli le génie volatil des artistes mortels. Sa première lettre à Beudant datait du mois d'août 1947 : « Mon capitaine, c'est en qualité de vieil ami du commandant Bouhet (dont j'ai été le compagnon d'équitation au 12e chasseurs en 1925, puis au cours de périodes militaires, et que j'ai eu la chance de retrouver à Saigon l'année dernière), que je vous écris. Je lui dois la lecture de *Main sans jambes* qui est devenu mon livre de chevet.

J'ai en ce moment les photographies de Mabrouk, de Robersart II, de Vallerine, admirables et convaincantes puisqu'elles sont les images même de l'équilibre et de la plus grande légèreté. Bouhet m'assure que recevoir un de ses amis, passionné de dressage, ne vous ennuiera pas. Rentrant à Paris à la fin du mois, je me permettrai donc de venir vous rendre visite... »

À peine débarqué à Dax, il avait trouvé à Étienne, même dans son fauteuil d'invalide, « une noble attitude » et, dans la pression de sa main, ce mélange de douceur et d'énergie qui fait l'écuyer. « Sous la brosse de ses cheveux tout blancs, le visage de Beudant est empreint de bonté, de sagesse, de maîtrise de soi. Des traits fins, pour ainsi dire sans rides, font dire à son palefrenier basque René Coumet : “Ah ! M. Beudang, c'est un grrang vieillard. Il a une figure de poupon.” La joie éclaire ce visage à l'évocation de ses chevaux et de leurs prouesses, ses yeux d'un gris-bleu intense y brillent de simplicité et d'humour. »

Depuis cette première rencontre, Bacharach, qui avait décidé d'abandonner la parfumerie afin de se consacrer exclusivement aux chevaux, faisait presque chaque mois le pèlerinage dans les Landes. Le voyage était long, la rencontre se méritait. Étienne aimait l'entendre toquer le matin. Il arrivait des cadeaux plein les mains, de vieux traités d'équitation, des flacons d'eau de toilette, des gravures de

Versailles, des écharpes de laine écossaises pour l'hiver, des casquettes irlandaises, des éperons à molette, des mors d'un autre temps, une grelottière, des couteaux de chaleur, un frontal de harnais en veau peint. Et des fleurs, des brassées de fleurs pour Jeanne Darrieussecq, qui ouvrait la porte en chuchotant un délicieux : « Ne *me* le fatiguez pas. »

C'était sa fidèle garde-malade, l'infirmière qui lui administrait chaque jour des piqûres dans les bras, la protectrice à laquelle, « parce qu'elle sera bien éprouvée si je meurs », il avait donné tous ses droits d'auteur et légué son mobilier marocain. Lui prétendait n'avoir besoin d'aucun argent, ne vouloir rien garder. Et lorsque Jeanne, tout en badigeonnant sa peau fripée avec une pommade apaisante, lui reprochait son abnégation, il invoquait un prêtre soldat qu'il avait connu au Maroc pendant la Grande Guerre : « Souviens-toi que ta dernière chemise n'a pas de poche. »

L'hiver, les deux hommes conversaient pendant des heures dans le crépitement du feu de cheminée, au milieu des vieux livres, des albums de photos et de la fumée des cigares. Pour son visiteur, Étienne exhibait la toute fraîche édition américaine de son plus célèbre traité, *Horse Training Out-Door and High School*, traduit par John Barry, lieutenant-colonel de la cavalerie US, ou sortait de cartons jaunis des lettres qu'il lisait à haute voix, une voix chuintée, en feignant d'ajuster ses bésicles, mais qu'il connaissait par cœur, comme celle, datée de septembre 1930, dans laquelle le directeur du cirque Nava lui annonçait la mort, à Guelma, département de Constantine, de Robersart II, dans sa vingt-cinquième année : « Votre champion s'est éteint dans son box au petit matin, sa longue tête, que j'avais caressée toute la nuit, posée sur mes genoux. Je crois qu'il n'a pas trop souffert. Il était simplement épuisé. Il vous a offert, je le sais, le meilleur de lui-même. À notre cirque, malgré son âge avancé, il a donné sa virtuosité, son humour et sa gentillesse. Il adorait les cuivres de notre fanfare et sentir glisser sur sa robe bai-cerise la lumière blanche des projecteurs. Il voulait toujours briller, surtout à l'instant de la levade où il avait le sentiment d'être le roi des animaux. Il faisait rêver les petits et les grands. Je tenais à vous dire que le personnel au complet l'a pleuré comme si c'était un membre de notre famille. Nous avons refusé de le vendre à l'équarisseur et l'avons enterré, sous une haie de palmiers. Notre trompette lui a joué l'air du voyage. »

Aux beaux jours, ils partaient se promener sous les pins, le plus jeune poussant lentement le fauteuil de son aîné, que la présence, dans son dos, de l'ami protecteur et invisible incitait aux confidences les plus tendres ou les plus tristes. Un jour, Étienne, la gorge nouée, lui avait avoué combien il souffrait, sans en comprendre l'extrême violence, de l'hostilité que son fils lui vouait. Un fils dont on lui avait rapporté qu'il était allé jusqu'à demander au ministère des Anciens Combattants de retirer au capitaine Beudant la retraite à laquelle, prétendait-il, il n'avait pas droit. Les nombreux états de service de l'ancien officier de renseignement et des remontes plaidaient pourtant pour ce maigre pécule, et la reconnaissance qui va avec. Le fils avait donc été éconduit, mais la démarche avait laissé dans la bouche du vieux père un goût amer.

— J'ignore ce qu'il me fait ainsi payer. Peut-être de ne pas m'être occupé de lui. Je crois surtout qu'il m'en veut, comme ma femme, de lui avoir préféré les chevaux. Lorsque j'ai commencé d'être impotent, j'ai bien tenté de lui faire signe, mais c'était trop tard. Il avait grandi loin de moi. Je lui ai manqué. Il me le fait salement savoir aujourd'hui. Je ne peux pas lui en vouloir. C'est à moi que j'en veux. Voyez-vous, mon cher Bacharach, ma vie de cavalier a été une vie de moine cistercien, et il n'y a pas de place pour la famille au monastère. Je n'ai pas su donner aux miens. J'ai trop donné aux chevaux. Mais le pire, maintenant que je vais mourir, c'est que ce sont ces derniers qui me manquent le plus et que je voudrais tant enlacer de mes bras, envelopper de mes jambes.

Parfois, ils se taisaient l'un et l'autre, comme si les mots n'étaient plus nécessaires, plongés ensemble dans la contemplation béate des champs jaune vif, d'une vallée piquetée de maisonnettes blanches, des odoriférantes fenaisons, d'un envol de tourterelles ou d'une danse improvisée de chevaux en liberté chassant les mouches dans l'ombre fruitée des haies de noisetiers. La beauté du monde semblait calmer les souffrances d'Étienne, dont le visage, depuis quelques jours, avait gonflé avec l'apparition, sous le maxillaire, de deux gros œdèmes, durs et rouges comme des boules de billard, qui le lançaient et le brûlaient sans cesse, l'empêchant parfois de respirer.

— C'est la fin, voyez-vous, mon cher camarade... J'ignore pourquoi Dieu m'inflige ce supplice, ce que j'ai fait pour mériter d'être le spectateur de ma propre déchéance.

Et puis, comme si de rien n'était, l'entretien repartait de plus belle. En un instant, deux demi-siècles défilaient, de part et d'autre de la Méditerranée. Les paix mensongères succédaient aux guerres meurtrières. L'Histoire s'accélérait. Dans l'esprit troublé du vieil homme, Lyautey croisait Blum, et Albert Lebrun de Gaulle. Que deviendraient demain l'Algérie et le Maroc? Et combien de temps encore le Cadre noir de Saumur survivrait-il à ses principes? Cela donnait le vertige. La mémoire d'Étienne était prodigieuse et la curiosité de Bacharach, insatiable. Mais rien, jamais, ne pouvait faire sortir le cavalier invalide de son inflexible modestie. Ses idées, ses secrets, Beudant les attribuait à son premier instructeur, le général Faverot de Kerbrech, qui lui-même se réclamait de François Baucher, deuxième manière, celle fondée sur la légèreté, que le grand écuyer exposa après l'accident — la chute d'un énorme lustre — qui lui brisa les jambes. En somme, il n'était qu'un héritier, devenu à son tour un exécutant consciencieux et puis enfin un passeur fidèle. On ne le sortait pas de cette discrétion, de cette modestie.

— Mais enfin, s'étonnait Bacharach, tous ces barbes, la plupart entiers, que vous avez mis à la haute école sur les pistes caillouteuses d'Afrique du Nord?

Le visage enfantin du vieil homme s'éclairait pour exprimer, sur le ton de l'évidence, sa gratitude envers des chevaux naturellement dociles et respectueux. Et il ajoutait :

— C'est bien parce que je n'étais pas un écuyer que je me suis toujours servi des moyens qui étaient le plus à ma portée et que je me suis inspiré des principes de Baucher. Ils sont faciles à employer et n'irritent pas les chevaux. Ma morale tient en trois mots seulement : une main insinuante. Oui, une main insinuante...

Il disait cela avec, dans la voix, une douceur et un calme derrière lesquels Bacharach pouvait deviner le cavalier qu'il avait été autrefois, pour qui dresser n'avait jamais été une lutte. En équitation comme dans l'armée, Étienne savait combien c'eût été vain de vouloir casser les rebelles, soumettre les acariâtres, et qu'il était impossible d'atteindre la légèreté par la force, le brillant par la colère. Même les étalons les plus impérieux, il ne les avait pas combattus. Au contraire, il n'avait eu de cesse de vouloir les comprendre pour mieux s'en faire des alliés. Quel que fût le cheval, il n'aspirait qu'à se passer des aides. Il rêvait en effet de régner sans poids ni appuis, par le seul souffle de la botte, la caresse du cuir et la profondeur de l'assiette. Monter n'était plus alors une activité physique, c'était une pensée pure, un acte de foi.

René Bacharach, qui aimait passionnément la poésie incantatoire de Stéphane Mallarmé, était fasciné ; il retrouvait chez Beudant cette détestation du réel, cette soif d'absolu, ce désir d'éternité, ce vœu de silence qui le troublaient tant chez l'auteur du *Parnasse contemporain*. Il se souvenait de ce que Mallarmé avait écrit, la veille de sa mort, après avoir prié que l'on brûle ses notes désormais inutiles : « Ce devait être beau », et il imaginait le capitaine Beudant jetant pareillement au feu ses papiers inutiles afin que ne demeure, de son art, que l'idée. Comme une trace du sacré dans l'air azuréen.

Un jour de calme et de sursis, dans la douceur boisée de l'automne, Bacharach réussit pourtant à convaincre le vieil écuyer de reprendre, pour le corriger, son essai capital, *Extérieur et haute école*. Il avait paru en 1923. Depuis, le temps avait passé. Beaucoup des chevaux qu'il avait montés étaient morts. Étienne s'était simplifié. Il convenait d'élaguer le texte, de le débarrasser de ses références obsolètes, de ses souvenirs trop personnels. Il fallait parvenir à l'épure et transformer le traité en credo, le manuel en missel.

Étienne releva le défi. Chaque jour, courbé sur le vélin déjà jauni, il coupa, ratura, allégea. Les quelques traces de complaisance disparurent, le dogme fut sacrifié au mystère. Il remplaça les admonestations par des métaphores : « L'impulsion, c'est le vent qui souffle dans les voiles du navire »; « L'obéissance à l'éperon est celle du fils à son père »; « Empêcher la jambe dans l'étrier de brimbaler comme une cloche »; « Toujours chercher à obtenir une mâchoire *moelleuse* »; « Quand le cheval est léger, c'est un clavier bien accordé auquel l'homme de talent peut faire rendre les airs les plus harmonieux. » De sa technique, il fit une morale : « La valeur de la réponse est toujours en proportion de celle de la demande », et : « Il faut pousser en avant, même pour faire reculer. »

S'agissait-il encore d'équitation? Dans cet ultime travail que Beudant fit sur lui-même, René Bacharach eut plutôt le sentiment de lire la partition d'un concerto, d'entendre la cadence mélancolique d'une élégie. Comme si, finalement, le cheval n'avait été pour cet homme que l'instrument de son art, de sa philosophie et de sa liberté.

Lorsqu'il remit l'œuvre révisée, amendée, équilibrée, à son disciple, Étienne murmura, souriant sous sa moustache blanche : « Si je comprends bien, maintenant, je peux mourir. »

14

Dax, 12 janvier 1949

Même si les écuries étaient vides depuis longtemps, au-dessus desquelles, dans une chambrette sans eau ni électricité, une calotte sur la tête et une écharpe de laine autour du cou, dormait René Coumet, le protocole n'avait jamais varié.

Réveillé à l'aube, le palefrenier de M. Beudant curait et paillait les stalles comme à la belle époque, l'époque heureuse des hennissements d'affamés, des ébrouements de plaisir, des froufroutements dans la paille, des claquements de fer, des souffles chauds, des lancinantes mastications, et puis, avec une peau de chamois, il astiquait les boules de cuivre qui brillaient d'un éclat dérisoire dans la pénombre triste. Sans toucher aux nids que les hirondelles avaient confectionnés dans les angles et où désormais elles prenaient leurs aises, il entretenait ce lieu désaffecté avec le soin dévotieux que mettent les chaisières à fleurir, en semaine, le chœur des églises de campagne, à cirer le bois noir de la croix et nettoyer la nappe blanche de l'autel. Il s'appliquait d'autant mieux au travail qu'il était sans illusions ; car il savait bien que les chevaux ne reviendraient jamais. Il s'accommodait d'obéir aux ordres ; il prolongeait, avec des gestes cérémonieux, un passé révolu et les rêves de son vieux maître.

Après quoi, il allait se laver les mains au savon de Marseille, enlevait ses gants, ses bottes et, à huit heures précises, entrait dans la maison que M. Beudant appelait « un gourbi obscur » afin de préparer le café et griller le pain, qu'il partageait avec lui sur une table basse du salon dont il avait préalablement repoussé le poussiéreux bataillon de statuettes en bois, en pierre, en terre, en marbre, représentant des chevaux dans toutes les positions.

C'était le moment que René préférait. Le jour se levait sur l'Adour et, l'une après l'autre, les photos encadrées sur les murs prenaient la lumière rousse et rase venue de la forêt des Landes : Hamïa, Robersart II, Mabrouk, Iris, Mimoun et la belle Vallerine, toutes les têtes des juments et des entiers, des barbes et des anglo-arabes, semblaient alors se tourner vers l'écuyer paralysé qui les avait tant aimés, et si bien montés.

— Voyez-vous, René, l'équitation n'est pas une science mathématique. Elle contient quelques principes directeurs, mais pas de règles positives. C'est, si vous voulez, comme un violon, comme une harpe, on indique à peu près où il faut agir, mais chacun appuie ou force de la manière qu'il croit être la bonne, et selon son génie, plus ou moins grand. C'est ainsi que, à cheval, certains font de la musique et d'autres, des bruits de casserole. Ceux qui aiment vraiment les chevaux, même s'ils ne montent pas très bien, font toujours de la musique. Cela s'appelle le tact.

René opinait en croquant dans le pain grillé. Il faisait mine d'être initié. Il écoutait ensuite le capitaine raconter, d'une voix lente, entrecoupée souvent d'horribles quintes de toux qui lui tiraient les larmes des yeux et faisaient glisser de la bave aux commissures des lèvres, le grand manège de Saumur où il avait connu, en suivant la liturgie des carrousels, ses premières émotions, la Prairie canadienne battue par des troupeaux de bisons qu'encadraient une poignée de quarter-horses, le cirque festif de Buffalo Bill, l'ivresse pathétique de Calamity Jane, le désert algérien où le ciel blanc s'ensablait en silence, la beauté marmoréenne des villes marocaines où il pénétrait en demi-dieu après des journées de galop, les leçons mémorables du colonel Faverot de Kerbrech, les commandements autoritaires et les faiblesses touchantes du général Lyautey, les victoires militaires retentissantes, les exploits invisibles sur le rectangle de dressage, la camaraderie d'outre-Méditerranée, la solitude, mais aussi les chutes et les espoirs brisés.

— Voyez-vous, René, quand je pense à tout ce que j'ai vécu en selle, je me récite, comme une prière, les vers du *Madrid* de Musset.

Et, les yeux bleus tournés vers la fenêtre, il psalmodiait comme une chanson triste :

Or si d'aventure on s'enquête
Qui m'a valu telle conquête,
c'est l'allure de mon cheval,
un compliment sur sa mantille,
Puis des bonbons à la vanille
Par un beau soir de carnaval...

Étaient-ce des souvenirs ou des confidences ? René ne faisait pas la différence, il buvait les paroles de son maître. Il voyageait jusqu'au cœur brûlant de l'Afrique, lui qui n'avait jamais quitté Dax. Il séduisait de belles étrangères au teint mat et aux seins voluptueux, lui qui avait toujours été célibataire. Il montait des chevaux allègres et puissants, lui qui n'avait jamais fait qu'aller les chercher au paddock, les doucher, les panser, les seller, les *préparer*. Il se laissait enivrer par des mots qu'il ne comprenait pas, pirouette, passage, changements de pied, piaffer, trot espagnol ou galop arrière, qui lui évoquaient d'énigmatiques et fascinants pas de danse, des sculptures de terre glaise, des arcs-en-ciel, des jeux de plein air, des poèmes d'enfance ou des prières pascales.

Le palefrenier se retirait ensuite, laissant M. Beudant à ses lectures, à son courrier, à ses méditations, à sa souffrance, à sa vaillance, à ses musiques orientales crachotées par un gros tourne-disque en bois et retrouvait, dans les écuries, le rituel dérisoire des tâches inutiles : graisser les cuirs, repriser les tapis, nettoyer les mors, brûler le foin pourri, ou ratisser, sous les pins équitables, le sable de la petite carrière sans emploi.

Ce matin de janvier, plus froid et austère que le marbre, René Coumet fut saisi par le silence qui régnait dans la maison, un silence de mort. En entrant dans le salon, la cafetière fumante à la main, il découvrit M. Beudant assis dans son fauteuil roulant et dans une position qu'il ne lui avait jamais vue, un peu faraude, ridicule, impudique, inhumaine.

Le dos cambré exagérément, le nombril en avant, les pauvres jambes arquées, la tête droite, comme aspirée par le ciel, les yeux écarquillés, la bouche ouverte, le vieux militaire semblait, à quatre-vingt-six ans, avoir été saisi dans son rêve, empêché dans son mouvement, coulé vivant dans le plâtre. René s'approcha timidement, tenta un chuchotant : « Ça va, monsieur? », caressa le front encore tiède de son maître et pleura, comme pleurent les saules en été, dans un léger frémissement.

Il resta longtemps prostré, ne sachant quoi faire de son désarroi et de cette insolite statue de vieillard assis. Et puis, il s'essuya les yeux et vit que, dans sa main droite, M. Beudant tenait une fine badine et, dans la gauche, serrait une rêne de bride dont le double mors étincelait sur le carrelage. Deux éperons portugais sans lanières étaient accrochés à ses charentaises informes. Au loin, derrière les haies, un cheval au pré hennit longuement.

René téléphona au médecin de Dax et, calmement, le pria de venir.

— C'était pour vous dire que M. Beudang, il est décédé.

— Vous en êtes sûr ?

— Tout ce qu'il y a de plus sûr, docteur.

— Où se trouve-t-il ?

— Chez lui, chez nous.

— Il est mort dans son lit ?

— Non, dans le salon. Il descendait tout juste de cheval. Il venait de faire sa dernière reprise. Une de ses plus belles reprises, docteur, je vous demande de me croire.

— Qu'est-ce que vous me chantez-là, monsieur Coumet. Surtout, ne bougez pas, j'arrive.

15

Paris, 14 janvier 1949

La lettre était datée du 8 janvier 1949. C'est la fidèle Jeanne Darrieussecq qui l'avait déposée, le jour même, à la poste principale de Dax.

— Je vous en prie, faites en sorte qu'elle parte au plus vite, je crois que c'est la dernière, je n'en écrirai plus et je ne suis pas sûr d'être en vie lorsqu'elle lui parviendra... Oh mon Dieu, mon Dieu, comme j'ai mal et que je suis las, avait soupiré Étienne en lui tendant, d'une main tremblante, parcheminée, et comme recroquevillée sur elle-même, la précieuse enveloppe.

— Comptez sur moi, monsieur. Elle partira aujourd'hui. Et surtout, reposez-vous. Prenez bien vos cachets pour la nuit. Si vous avez faim, il y a une assiette de soupe aux poireaux dans la cuisine. Essayez de dormir. Et si vous ne vous sentez pas bien, surtout appelez René. À demain, monsieur.

— Merci pour tout. Vous êtes trop douce avec moi. Je ne mérite pas cela. Je ne mérite rien... Prenez bien soin de vous.

Jeanne avait haussé les épaules gentiment, allumé les lampes basses, jeté avec énergie deux grosses bûches de frêne dans la cheminée profonde, déposé une couverture écossaise sur les genoux cagneux du capitaine Beudant et enfilé son manteau.

La terre avait gelé. Le ciel, d'un gris de cuirassier en guerre, oppressait la campagne. Le jour se couchait, épuisé, en chien de fusil. Des corbeaux ricanaient dans les champs dont les gros sillons étaient plus durs que la pierre. Une brume épaisse tombait avec la nuit. Serrant la lettre contre son sein, comme pour la réchauffer, Jeanne avait pressé le pas afin de ne pas manquer l'ultime levée du courrier et était rentrée chez elle. Avant de se coucher, à genoux sur son lit, face au crucifix où pendait une branche de buis séché, elle pria à haute voix pour le salut de M. Beudant, demanda à Dieu qu'il lui accorde sa miséricorde, et récita, en basque, le *Notre-Père*. Elle ne trouva pas le sommeil.

Sur la table d'entrée de son appartement parisien, le colonel Bouhet reconnut aussitôt l'enveloppe et, à peine plus penchée que d'ordinaire, la graphie de son vieil ami, dont il venait, par un téléphone de René Bacharach, d'apprendre la mort. Sur le moment, elle l'avait plus soulagé qu'affecté : « C'est bien. Il était temps. Son calvaire a pris fin. Il a cessé de souffrir dans son corps et dans sa tête. Le voici libre, maintenant. »

Cela faisait treize ans qu'ils s'écrivaient. Treize ans que le cavalier Bouhet, peinant à obtenir de son cheval Rossignol l'accent de la grâce, lui faisait part de ses doutes, lui avouait sa perplexité, lui confessait ses maladresses et glissait des photographies qui étaient la preuve en noir et blanc de son embarras. Treize ans qu'il lui posait des questions techniques et physiologiques auxquelles Beudant prenait toujours soin de répondre le plus précisément possible. Parfois même, oubliant le grade et les états de service de son correspondant, le capitaine morigénait le colonel et le rappelait à l'ordre. Car à cheval, un officier n'est plus un officier.

Bouhet avait conservé toutes ses lettres qui, ajoutées les unes aux autres, formaient désormais une manière de traité épistolaire, de commandement céleste. Il les relisait souvent, afin de se corriger, de se perfectionner et de se donner du courage. Il lui semblait entendre la voix professorale de Beudant.

Novembre 1936 : « À cheval, il faut tenir les mains hautes, au-dessus des oreilles si c'est nécessaire et ne les baisser que petit à petit, au fur et à mesure des progrès. Il ne faut surtout pas opposer la main aux jambes. »

Décembre 1936 : « Vous demandez beaucoup trop ! Vous allez trop vite, mon colonel. Vous exagérez trop. Vous voulez l'élévation maximale de l'encolure, alors qu'il convient de la demander lentement. Quand vous aurez obtenu un semblant de progrès, récompensez aussitôt et passez vite à autre chose. Surtout, variez les exercices. Soyez ludique. Un peu moins de sérieux, s'il vous plaît. »

Novembre 1937 : « Quand Rossignol sera devenu assez fort pour travailler sans traction sur le mors par les rênes, alors vous pourrez commencer à vous permettre l'usage de la demi-tension et de la descente de main. Il faut continuellement *du tact.* J'attends avec impatience votre lettre m'annonçant que vous êtes bien sûr d'avoir compris. Sinon, ne m'écrivez pas. »

Décembre 1937 : « Vous cherchez maintenant l'équilibre et vous êtes dans le vrai. Il n'y a que cela. Quand vous l'aurez trouvé, vous pourrez vous considérer comme un cavalier. Laissez-moi vous dire, mon colonel, qu'il était temps. »

Mars 1938 : « Le mors arabe est excellent, mais il ne faut pas laisser le cheval s'encapuchonner et se mettre en dedans de la main. Le plus grave est d'avoir le cheval braqué sur le mors arabe. Commencez à avoir la légèreté en place, puis au pas, puis au trot. S'il tire ou se braque au galop, arrêtez et ne reprenez le galop qu'avec la légèreté ; arrêtez cent fois si c'est nécessaire, et même mille fois. Si vous allez trop vite, vous n'arriverez jamais. »

Novembre 1938 : « On élève la main verticalement sans tirer. La main doit avoir l'impression de faire des œufs en neige. Des œufs en neige, vous m'avez compris ? »

Après, il y avait eu moins de lettres autoritaires. Le ton s'adoucissait. Sans doute Beudant pensait-il qu'il n'avait plus de leçons à donner. Bouhet savait dorénavant que, en équitation, on ne sait jamais. On tâtonne vers l'absolu. Et on ne meurt qu'avec des regrets.

Debout dans le vestibule, droit dans ses bottes cirées, le colonel Bouhet caressa la lettre postée de Dax, « chef-lieu des Landes, station thermale, cathédrale gothique », la huma, elle sentait l'hiver et le feu de bois, la palpa longtemps sans oser l'ouvrir, saisi par une timidité qui ressemblait à de la piété. C'était la première fois de sa vie qu'il recevait la lettre d'un mort.

Et puis, en faisant claquer ses talons sur le parquet, il alla s'enfermer dans son bureau et pria qu'on ne le dérange pas. Après avoir mis, sur son tourne-disque, le *Requiem* de Mozart, il s'assit à son bureau, se saisit d'un coupe-papier en nacre, décacheta l'enveloppe dans un craquement de feuille morte et déplia la lettre à l'instant du *Kyrie eleison*.

« Mon colonel, vous êtes trop bon de vous inquiéter, dans votre lettre, de ma santé. Elle est en effet mauvaise. »

Mais Beudant n'en disait pas plus. Seule, l'écriture chancelante, amaigrie, désossée, presque cabalistique, le trahissait. Le temps pressait. L'heure n'était plus aux gémissements. Jusqu'à son dernier souffle, il lui fallait encore et toujours rappeler les principes qui avaient fondé sa vie, qui la justifiaient. Comme d'outre-tombe, il prodiguait à Bouhet ses conseils, les martelait avec des mots difformes qui, sur la page, semblaient danser vers le haut, chercher le ciel par strates successives.

« Souvenez-vous toujours que l'élévation maximale de l'encolure demandée sans employer aucune force (*essentiel*) combinée avec le ramener outré (*obtenu sans tirer*) donne la position juste, la plus élégante aussi. »

Derrière chaque ligne arrachée à la douleur, accompagnée maintenant par le *Lacrimosa*, le disciple imaginait son maître perdu dans des rêves de perfection, incapable de sacrifier son idéal, refusant d'abdiquer alors que ses heures étaient comptées.

Venait alors le moment des adieux définitifs. Bouhet pâlissait. Il ferma les yeux, soupira, somnola, les rouvrit avec l'*Agnus Dei*, serra fort ses cuisses sur un cheval imaginaire, et lut.

« J'ai de continuelles et terribles suffocations. Je ne peux plus me coucher ni manger. Je gonfle de plus en plus, et de partout : bassin, membres inférieurs, genoux, pieds, cuisses, mains, visage. J'ai reçu l'extrême-onction le 2 décembre et, ces jours-ci, la sainte communion en viatique. Je prie de tout mon cœur pour vous, les vôtres, et monsieur votre frère. Priez pour que j'aie une bonne mort, c'est la seule chose importante. Au revoir, mon colonel, au ciel. Votre dévoué Beudant. »

En post-scriptum, l'agonisant avait ajouté, en guise d'excuse, deux phrases dont chaque mot se détachait à la manière d'une chaîne brisée.

« J'écris illisiblement parce que je tiens mon papier en l'air sans pouvoir l'appuyer. Mais ne croyez surtout pas que je tremble. »

Il n'était pas dit qu'il s'éteindrait dans l'effroi, qu'il passerait en résistant. Il cédait enfin, comme un cheval cède, dans la confiance, en mâchouillant son mors, clic clic, et en bavant blanc.

Le colonel Bouhet, qui avait pourtant connu sans frémir la campagne d'Indochine, commandé à des garçons partis au front sans espoir de retour, entendu si souvent la sonnerie aux morts sur des tarmacs couverts de cercueils longilignes, opposé sèchement la raison d'État à l'absurdité, au scandale de la jeunesse fauchée, écrasa soudain une larme, une larme d'enfant, au moment de replier la lettre de l'écuyer mirobolant que la mort avait fini par désarçonner. « Au revoir, mon capitaine », murmura-t-il. *Lux æterna.*

16

Ouilly-du-Houley, 8 mai 1962

La journée avait été harassante. Elle avait commencé très tôt. Une de ses meilleures juments avait pouliné au petit matin. Philippe somnolait sur un lit de camp dans le box voisin, il l'avait entendue s'agiter, tourner et puis se coucher lourdement sur la paille. Il n'avait même pas eu à intervenir ; tout s'était bien déroulé. La tête, d'un joli gris cendré, était apparue, suivie des antérieurs et enfin des postérieurs. La mère avait aussitôt léché son petit pour le débarrasser des mucosités. En même temps, elle le massait, le dorlotait. Précis, rapide, Philippe avait désinfecté le cordon à la teinture d'iode et l'avait ligaturé avec du gros fil. Très vite, le poulain avait tenté de se lever. Il déployait ses jambes dont il découvrait l'insolite usage, les écartait aussitôt, glissait et retombait. Il avait l'air étourdi, un peu ivre. Il ressemblait à un faon s'initiant aux jeux de glisse sur un lac gelé. Quand il était las de ses chutes à répétition, il tétait goulûment sa mère. Couchée dans une attitude romaine, elle se laissait boire avec une gentillesse résignée.

Ce spectacle procurait toujours à Philippe le même bonheur. Comme si, dans son élevage, chaque nouvelle naissance était la première. Chez lui, la tendresse l'emportait sur la fierté, qui eût été pourtant légitime. Car sa réussite s'étalait, heureuse et joueuse, dans tous les prés ondulés, féminins, que baignait la Paquine, un sinueux ruisseau à truites, sous les tours du château Renaissance dominant la vallée et gouvernant la forêt. Aux premiers jours du printemps, on ne comptait plus, dans ses herbages, les juments suitées, les jeunes chevaux promis aux meilleures ventes et, gonflant les pectoraux, roulant des épaules carrées, ronflant, piaffant, crânant derrière de longues lices blanches, les entiers toujours prêts à saillir. À quarante ans, Philippe Meurdrac régnait seul sur une principauté de champions à poil fauve.

Il donna un nom de poète à son poulain — c'était l'année des *R*, il pensa sans hésiter à Rimbaud, à son visage pâle d'enfant échevelé —, alla nourrir deux poulinières qui attendaient leur heure dans les box voisins, avala plusieurs cafés et se mit à cheval. Jusqu'à l'heure du déjeuner, il monta deux jeunes selles français de son élevage, un pur-sang qu'on lui avait confié, et un trotteur destiné à l'attelage.

L'après-midi fut consacré à un débourrage, à l'entretien des clôtures et au pansage d'un cheval de six ans qu'un acheteur de Deauville devait venir essayer.

Lorsque, le soir venu, Philippe s'écroula dans son fauteuil en cuir, il saisit le numéro de *Plaisirs équestres* qu'il venait de recevoir. Il le feuilleta d'un œil fatigué et d'un doigt humide. Il passa les pages de publicité où Sucrazote se proclamait spécialiste de l'alimentation du cheval depuis 1907, les bottiers Malfroid père et fils proposaient des bottillons pour jodhpurs, un laboratoire rennais vantait une miraculeuse poudre armoricaine afin de soigner les accidents musculaires, le cabinet Devort-Cancel proposait les meilleures assurances hippiques, Esso parrainait le championnat de France junior et les Éditions Del Duca annonçaient la sortie simultanée de *De galas en galops*, par Jean de Faucon, et *Léon Zitrone vous emmène aux courses*. Il lut, en diagonale, une étude savante sur Antoine de Pluvinel ; un bref traité du lieutenant-colonel Repellin sur l'emploi de la bride ; un reportage à Windsor Castle sur la famille royale d'Angleterre en selle : chasse à courre, polo et promenades ; des notes sévères sur la ferrure ; un texte du général L'Hotte sur le poids du cavalier et sa répartition ; un vade-mecum pour savoir distinguer l'arabe du barbe : et il allait refermer *La Revue trimestrielle de l'homme de cheval* lorsqu'il tomba sur une photographie en noir et blanc qui le stupéfia.

Elle était reconnaissable entre mille, avec sa belle robe alezane, presque noire, qui étincelait dans la lumière, sa petite tête si fine, coquine, ses interminables jambes de danseuse jamaïcaine, son encolure médiévale en arc de cercle, sa queue haut perchée fouettant l'air, son amplitude, sa fierté. Oui, c'était elle. Ça ne pouvait être qu'elle.

Le cavalier qui la montait était sans âge. Habillé d'un costume, coiffé d'un canotier, il portait des bottines de ville. Seul l'éperon saillant le distinguait d'un bourgeois ordinaire. Son assiette était magnifique. La légende donnait « M. Beudant sur Vallerine au piaffer » et spécifiait : « L'attitude et la physionomie de la jument ne laissent pas de doute sur le fait qu'elle se plaisait dans son air. Et cet air dépasse en brillant les actions auxquelles elle se livrait depuis que sa mère l'avait mise au monde. » Il n'y avait ni date ni indication de lieu. Même pas le crédit du photographe. Une image anonyme.

Le cœur de Philippe battait très vite. Il posa la revue sur ses genoux, la reprit pour mieux juger la photo et s'assurer qu'il n'avait pas rêvé. Ce M. Beudant, était-ce bien le capitaine dont il avait lu *Main sans jambes*? Mais que faisait alors sa jument dans un pré, au large de Saint-Florent-le-Vieil, au plus fort de la débâcle de juin 1940?

Il faisait chaud. La chasse allemande déchirait le ciel d'été. Par la route descendait un cortège ininterrompu de réfugiés hagards et grisâtres. Philippe

Meurdrac allait avoir dix-sept ans. Son père, assureur à Angers, avait été mobilisé. Il n'avait plus donné de nouvelles depuis la chute de Dunkerque, où son régiment avait été engagé. Peut-être avait-il rejoint l'Angleterre. Philippe et sa mère s'étaient retirés, dès le début du moi de juin, dans leur maison de campagne, sur les bords de la Loire, où ils avaient appris, à la TSF, l'ordre de retraite donné par le général Weygand aux armées françaises et avaient écouté, le 17 juin, l'appel solennel du maréchal Pétain : « C'est le cœur serré que je vous dis, aujourd'hui, qu'il faut cesser le combat. Je me suis adressé cette nuit à l'adversaire pour lui demander s'il est prêt à rechercher avec nous, entre soldats, après la lutte dans l'honneur, les moyens de mettre un terme aux hostilités... »

Figée dans un sarrau noir, sa mère n'en finissait pas de pleurer. Philippe, comme exaspéré par ces jérémiades, tournait en rond. Il ne savait quoi faire de ce grand chaos, de ses journées, de sa liberté neuve. Il s'était tellement habitué à vivre sous l'autorité de son père, qui s'était mis en tête, avant guerre, de lui léguer son cabinet d'assurances et l'avait obligé à faire des études dont les matières l'ennuyaient à périr. Depuis son plus jeune âge, où il avait appris à monter dans un club hippique situé à la sortie d'Angers, Philippe avait toujours rêvé de travailler « dans les chevaux ». Son père avait haussé les épaules : « C'est pas un métier », et n'en avait plus jamais démordu. Rongeant son frein, Philippe avait fait semblant d'obéir et s'était juré, à sa majorité, de claquer la porte familiale afin d'assouvir sa passion coûte que coûte.

Et puis les Allemands avaient foncé sur Paris. La France était sens dessus dessous. Même la bonne ville d'Angers s'était vidée. Les écoles étaient réquisitionnées. Les églises s'ouvraient aux désemparés. Les écuries étaient devenues des hôpitaux de campagne. Les pères avaient disparu, les mères chargeaient les valises. Philippe n'osait pas s'avouer qu'il trouvait du plaisir à cette débâcle. Le malheur des autres ne le touchait guère. Car pour lui, soudain, l'enfance se prolongeait. C'en était fini du joug paternel et du cabinet d'assurances. À Saint-Florent-le-Vieil, les vacances seraient très longues. Il faisait si beau. La nature était étonnante, elle résistait au désastre, elle s'en moquait, elle chantait, craquait, blondissait sous le soleil, se chargeait de fruits juteux et de gros épis, elle se donnait sans compter. Elle n'avait pas le souci d'être morale, elle.

Le 21 juin, Philippe s'était levé tôt et avait quitté la maison avant le réveil de sa mère. Il avait marché à travers champs, avait longuement observé depuis un tertre, à travers un nuage de poussière, le spectacle de l'exode, on aurait dit une colonne interrompue de fourmis noires dont aucun obstacle n'empêchait l'industrieuse progression, et c'est en rentrant, le soir, qu'il avait aperçu, dans l'herbage, une jument qui trottait, légère et cadencée, le long de sa clôture. Il s'approcha d'elle; à son grand étonnement, elle se laissa caresser, gratouiller. Elle n'était pas farouche. Elle voulait jouer. Il fit mine de lui tourner le dos, elle le suivit aussitôt, et vint frotter son chanfrein contre sa chemise. La campagne était silencieuse. Il n'y avait personne alentour. Philippe bricola des rênes avec la corde du licol et monta à cru sur cette jument si conciliante. Il fit plusieurs fois, au pas, le tour du pré. Il était heureux. Il ne pensait à rien. Son geste lui parut naturel. Il ouvrit la porte métallique et partit au trot.

Sa mère poussa un cri lorsqu'elle le vit arriver à cheval par le bout du jardin.

— Mais c'est quoi, cet animal?

— Tu vois bien, c'est une jument.

— D'où sort-elle?

— On m'en a fait cadeau.

— Qui ça?

— Peu importe, c'est un cadeau, je te dis.

— Mais c'est pas Dieu possible, tu vas en faire quoi, Philippe? Comme si on n'avait pas assez de soucis comme ça, et maintenant tu me ramènes un canasson...

— C'est pas ton problème. J'en fais mon affaire. L'appentis ne sert à rien, je vais le transformer en box. Et dans la journée, elle sera dans le pré du haut. Ça nous évitera de le tondre.

— Attends que ton père rentre, tu vas voir la raclée qu'il va te mettre !

— Cette jument, je l'ai sauvée. Sinon, elle aurait été bouffée. Tu devrais plutôt me féliciter.

— Mais tu m'as dit qu'on te l'avait donnée.

— Oui, c'est ça. On me l'a donnée pour que je la sauve.

Philippe avait fini par croire à son propre mensonge. Il se voyait en héros. Sans lui, la jument serait morte de faim, abandonnée, ou elle aurait été tuée par un boucher. Les Allemands en auraient fait leur festin. Heureusement, il était passé par là. Elle l'attendait.

Chaque jour de l'été quarante, il la monta dans une nuée de mouches et de taons. Il était stupéfait de tout ce qu'elle savait faire. Jamais il n'avait mis ses fesses sur un cheval aussi bien dressé. C'est comme s'il était entré subrepticement dans une maison déjà habitée, une cuisine odoriférante où fumerait la cafetière, un lit d'amour encore tiède. Au début, il la testa. Elle ne comprit pas ses demandes maladroites. Il n'avait pas les boutons. Elle les lui indiqua. Il les respecta. Un jour, d'elle-même elle se mit au passage. Jamais Philippe n'avait connu ce sentiment presque céleste, il rebondissait comme si la jument était devenue élastique. Il montait une princesse très douée aux origines mystérieuses.

De la main, de la jambe, ou à la voix, il l'interrogeait. Il voulait savoir d'où elle venait. Il avait déduit, de ses poils blancs et de l'arcade dentaire, qu'elle devait avoir dans les vingt ans ; de sa taille moyenne, de son encolure droite et bien greffée, de sa poitrine profonde, de son garrot incliné, de son front large, de ses pieds fins, de sa puissance et de son caractère, que c'était une anglo-arabe. Mais qui donc l'avait si bien mise ? Il eût fallu qu'il demande aux propriétaires du champ où il l'avait trouvée pour en savoir davantage. Il n'osa pas. À mesure que le temps passait, qu'une chape de plomb tombait sur son pays occupé, Philippe était en effet gagné par la mauvaise conscience. Il montait quand les Français souffraient. Il prenait son plaisir avec une jument qu'il avait volée. Il n'avait le souci que de lui.

À la Libération, son père rentra du stalag où il avait croupi pendant toute la guerre. Il était méconnaissable. Un long spectre muet. C'est à peine s'il reconnut son fils. Il ne s'étonna même pas de la présence d'un cheval au fond du jardin. Philippe venait d'avoir vingt et un ans. Il quitta l'Anjou, sa mère éplorée et son fantôme de père. Il poussa vers le nord. Pendant des années, il travailla dans les haras du pays d'Auge, entre Ouilly-le-Vicomte et Saint-Martin-aux-Chartrains, Orbec et Beuvron, se vendant ici et là comme homme à tout faire, un jour palefrenier, l'autre cavalier. Sa jument le suivit partout. Elle vieillissait lentement, son dos se creusait, elle blanchissait sous les pommiers et, dans les prés successifs où on l'accueillait, se soumettait au dominant avec une émouvante humilité. Il ne la montait plus ; il se contentait de l'observer décliner, de l'aimer du regard.

Au début des années cinquante, Philippe s'installa enfin à son compte. Il serait éleveur. Il acheta une fermette et une poignée d'hectares bordés par de hauts peupliers au fond de l'humide vallée d'Ouilly-du-Houley. C'est là que, un matin d'automne, il trouva sa jument couchée sur le flanc, la tête appuyée sur un coussin de mousse, les yeux ouverts. Il ne fit pas venir l'équarisseur. Il l'enterra au bord de la Paquine, au fond d'un grand trou rectangulaire, à l'entrée de la forêt percée d'allées cavalières. Il ne lui avait jamais donné de nom, puisqu'il l'avait dérobée à un autre et qu'il en éprouvait un persistant remords. Il l'appelait simplement « ma belle ». C'était son grand secret.

Et il avait suffi d'un numéro tout frais de *Plaisirs équestres* pour que Vallerine jaillisse du passé dans son éternelle jeunesse, pour qu'elle soit rendue, trop tard, à son seul et unique maître, Étienne Beudant, l'écuyer mirobolant. Philippe fit un rapide calcul : le vieil homme vivait encore lorsqu'il s'était enfui, avec sa jument, de l'herbage où elle encensait afin de repousser les insectes de l'été. Cette pensée augmenta son amertume. Il aurait voulu lui dire que ses jambes étaient jeunes et vaillantes, qu'il les donnait à Vallerine, l'assurer qu'il offrirait à sa belle une retraite paisible et une mort douce, près d'un ruisseau. Il découpa la photo du journal pour la faire encadrer. Il alla chercher dans sa bibliothèque *Extérieur et haute école*, le traité de Beudant, édition de 1923, et il lut : « Il faut du bleu et du jaune pour faire du vert, cependant le tact seul, le génie, indique à l'artiste la nuance des flots de l'océan et celle des bois et des prairies. Il en est de même des règles de l'équitation. » Il se promit de s'employer désormais à tenter de trouver, à cheval, la couleur juste qui n'existe pas. Il n'était pas pressé. Il avait appris aussi la patience. Il prendrait le temps de voir grandir Rimbaud, qui mettrait un jour ses pas dans ceux de Vallerine. Et puis, il mourrait, à son tour. Mais il savait que rien n'effacerait jamais les traces des chevaux sur la terre des hommes.

Dialogues

ENTRETIENS AVEC JACQUES CHESSEX, La Différence, 1979.

SI J'OSE DIRE, ENTRETIENS AVEC PASCAL LAINÉ, Mercure de France, 1982.

L'ÉCOLE BUISSONNIÈRE, ENTRETIENS AVEC ANDRÉ DHÔTEL, Pierre Horay, 1983.

DE MONTMARTRE À MONTPARNASSE, ENTRETIENS AVEC GEORGES CHARENSOL, François Bourin, 1990.

Direction d'ouvrages

DICTIONNAIRE DE LA LITTÉRATURE FRANCAISE CONTEMPORAINE, François Bourin 1988. Édition augmentée : DICTIONNAIRE DES ÉCRIVAINS CONTEMPORAINS DE LANGUE FRANÇAISE PAR EUX-MÊMES, Fayard/Mille et une nuits, 2004.

LE MASQUE ET LA PLUME, avec Daniel Garcia, Les Arènes, et 10/18, n° 3859, 2005 (Prix du Comité d'Histoire de la Radiodiffusion).

NOUVELLES MYTHOLOGIES, Le Seuil, 2007.